浅見光彦――三十三歳。職業＝フリーのルポライター。明治維新以来、四代続いた官僚の家の次男坊。坊っちゃん坊っちゃんした風貌で、するりと人の懐《ふところ》に入り込んで、相手の話を聞き出す特技がある。趣味＝探偵。そこに謎があると必ず首を突っ込みたくなる性分で、愛車ソアラを駆って日本全国を飛び回る。

極秘調査ファイル

浅見光彦の秘密

極秘調査ファイル

浅見光彦の秘密

内田康夫監修

浅見光彦倶楽部編著

祥伝社

監修者まえがき――著者も驚く浅見光彦《あさみみつひこ》の真実

「浅見光彦ってどういう人？」と訊《き》かれて即答するのは、かなり難しい。大抵の場合、僕は「彼はいい男だよ」とか「頭はいいが甲斐性《かいしょう》のないやつだ」などと抽象《ちゅうしょう》的な返事でお茶を濁している。

誰にしたって、その人となりを説明することなど至難の技である。自分のことを解説することすら、ひょっとするとできないかもしれない。まして他人の内面を的確に分析することができるはずもない。せいぜい見た目や会話を通じて判断するばかりなのである。

とはいえ、浅見との付き合いはかれこれ二十年近くになろうとしている。浅見家では僕を毛嫌いしているらしいが、それなりに家族同士の交流もあるし、『熊野古道《くまのこどう》殺人事件』のように、ときには浅見と一緒に旅をしたこともある。浅見の行動や彼が語ったことは、断片的にではあるけれど、僕の記憶のどこかには蓄積されているはずだ。それを解析すれば、浅見光彦について、ある程度は説明できるはずなのである。それができないのは、どうやら僕の自堕落《じだらく》な性格に起因しているにちがいない。記憶は忘却の霧のかなたに霞《かす》み、霧を通して見る浅見光彦像は、モザイクをかけた写真のように、曖昧模糊《あいまいもこ》としている。もしその霧を払いモザイクを消せば、読者諸氏に対して恥をかかなくてすむだろう。浅見の過去に何があったのか。浅見はいま何を思っているのか。浅見の女性関係はどうなっているのだろうか——等々、手に取るように見ることができるかもしれない。そのための——つまり僕自身のための手引き書として、この本が企画されたといっていい。

この本を作るに当たって、浅見光彦倶楽部《くらぶ》事務局のスタッフが二台のコンピュータを駆使して、浅見光彦に関するあらゆるデータを網羅《もうら》した。浅見の容姿、浅見の生い立ち、才能、趣味、性格、主義、家族、交友関係、事件との関わり方、警察・刑事たちとの関わり方……といった具合に、浅見光彦というキーワードから生じるデータが事細《ことこま》かに分析された。その手掛かりは、もちろん『後鳥羽《ごとば》伝説殺人事件』から始まった「浅見光彦ミステリーシリーズ」に書かれた記述にあることは言うまでもない。つまり僕——内田康夫の著作がその根底にある。

ところが、データの解析作業が進むにつれて、もっとも驚いたのは僕自身だった。浅見光彦のことは何でも知っているつもりだったのだが、いかに浅見について無知であったかを痛感した。それと同時に、浅見光彦という人物は、すでにして膨大《ぼうだい》な情報の集積に等しい存在になっていることを思い知らされた。

「彼は昔の彼ならず」と言うけれど、まさにそのとおりなのだ。いつでも、いつまでも僕の手の内にあると思っていた浅見が、じつはとてつもなく巨大なモンスターに成長して、とっくに僕の手の届かないところに飛翔《ひしょう》しているような、一抹《いちまつ》の寂しささえ感じた。

もっとも、冒頭に書いたようなケースを含めて、いまにして思うと、その兆候はかなり以前からあったのかもしれない。浅見光彦倶楽部クラブハウスに遊びに来る会員諸氏から、浅見についての質問を受けたりすると、さて、どうだったのかな？――と返答に困惑することがしばしばあった。脇から別の会員が「それはこれこれこうですよ」などと教えてくれたりする。「えっ、どうして知っているの？」などと、シャレにもならない問い返しをして、「だって、先生の本にそう書いてあったじゃないですか」と笑われる。読者のほうが僕よりはるかに浅見について詳しいのである。

考えてみると、僕が浅見について知っているのは、ごく限られた一面に過ぎないのだ。彼の行動にしたって、彼の事件簿を読み、彼の話すことを聞き、それに僕なりの憶測《おくそく》を加えて、それで理解したようなつもりでいるだけだ。本当のところ浅見がどう考え、何を悩み、何をしているのか――などといったことは、少しも分かっていないのかもしれない。事件に立ち向かうときの浅見の雄々《おお》しさにしたって、その裏側には推し量《はか》ることのできない苦悩が隠されているらしい。そういうことが、この本の制作に係わってみて、あらためてひしひしと感じ取れた。

浅見についていつも不思議でならなかったのは女性問題。とくに事件に関係して浅見と付き合うようになる、いわゆるヒロインたちのことだ。もちろん通りいっぺんの付き合いだけで終わる場合もあるけれど、中には事件捜査を通じて、浅見にひそかな恋心を抱きそうな女性だって少なくないはずだ。僕の口から言うのもなんだが、浅見は僕に似てなかなかのハンサムだし、三十三歳という年齢も男としてもっとも魅力的な時期だ。浅見にそこはかとない想いを抱く女性が次々に通りすぎて行くのを、傍《はた》から見ていて、もどかしく思うほどだ。浅見にしたって、彼女たちのそういう心理状態にまったく気づかないことはないだろう。彼自身、すべての女性にいささかの好意も抱かないとは思えない。何しろ、ヒロインたちの多くが、僕でさえ心を動かされそうな美貌の持ち主ときている。いったい彼女たちとの関係はどういうものであったのか——は、誰だって知りたい話だ。そのことがこの本では分析・整理されて、少なくとも憶測の根拠にはなっている。浅見がいつ、誰と結婚するのか、それとも永遠に独身のままなのか、そういったことも、ある程度は読み取ることができよう。

浅見光彦はロボットでもないし改造人間《サイボーグ》でもない。ましてスーパーマンであるはずがない。ごくふつうの、どこにでもいそうな隣のお兄さん——あるいはおじさん——といったキャラクターの持ち主だ。そういう外観だから、僕のようなオッチョコチョイは彼のことを軽く見て、ついつい便利にこき使ってしまうのである。いや、実際のところ、失業して困っていた浅見を『旅と歴史』の藤田《ふじた》編集長に紹介したあの頃は、そんなふうに彼を見ても、それほど大きな間違いではなかったような気がする。

しかしこの本の監修作業を通じて、まさに「彼は昔の彼ならず」の感を強く抱いた。この先、浅見に何かを頼むときには、これまでよりは少し尊敬の念を添えて注文を出さなければならないと思いかけている。

二〇〇〇年新春

内《うち》田《だ》康《やす》夫《お》

目次

目次

目次

第三章　浅見光彦の華麗なる活躍　251

カバー装丁　中原達治

第一章　浅見光彦の不思議な世界

その一——浅見光彦を外側から分析する

浅見の風貌

○顔かたち

津軽《つがる》の事件の時に知り合った石井靖子《いしいせいこ》は、浅見を見つめて次のように表現している。

「鋭角的にそげ落ちた頬の線。それでいて優しさを感じさせる、やわらかな丸みを帯びたおとがい。広い聡明そうな額《ひたい》。全てを見通すような大きな目。強い意志を感じさせる高い鼻梁《びりょう》。女性的といってもいいほどの、はにかみを含んだ口もと（津軽殺人事件）」と、なかなかのハンサムである。

その他、事件簿で表現されている浅見の外観を抜き出してみると——

日焼けした顔に白い歯が清潔そうで若々しい。坊っちゃんぽい風貌であるが、面長《おもなが》で端正、もともとは白皙《はくせき》。頬から顎《あご》にかけて引き締まっている。横から見た眉間から鼻、顎にかけてのラインは形がいい。スキッと通った鼻筋で、目鼻立ちがはっきりしている。

笑っているときの顔は、甘い、頼りない二枚目といった感じだが、深刻そうな顔をすると、急に大人びたニヒリストの風貌になる。

○口もと

口もとは、もう少し薄ければさぞかし冷酷そうに見えるだろうな――と思えるほどの引き締まった唇をしている。

○瞳

涼やかな眉で、黒目がちの大きな目をしていて瞳は鳶色《とびいろ》である。

切れ長で気取りのない優しい目、澄んだ少年のような、涼やかな瞳である。これが一旦奇妙な事件に出会うと、「好奇心いっぱいの目」になり、やがて「きらきら輝い」て、「何でも見通してしまうような目」をして捜査にのめり込み、「狂気を思わせる異様な輝きを持った目」へと変貌し、最後には「獲物を狙《ねら》う猟犬の目」となって犯人を追いつめていく。多くの女性から「浅見さんて目が怖い」とか「怖い目をする人」とか言われるのは、この時の目である。

浅見家でカルタ会が行われたときなど、「その鳶色の目に見つめられると、何でも見透《す》かされてしまいそうで怖いみたいな気持ちになる」とカルタの女王・朝倉理絵《あさくらりえ》から言われている。その時、浅見は「それは僕の好奇心のせいです。興味を覚えると、つい物欲しそうな目で、じっと見つめてしまう癖があるらしいのです。子供の頃からそうだったみたいで、叔母に、気味が悪いっていわれたことがあります（歌枕《うたまくら》殺人事件）」と答えている。

○髪型

油っけの少ない髪は適度な長さで、清潔なシャンプーの薫《かお》りがしてきそう。一見手入れが悪そうな髪型は無造作で、分けているかいないかわからない。ボサッとして、前髪が少し垂れている。

○体型

背が高く首が長い。長い足ですらりとしたスリムな体型。身長一七五～一八〇センチで、肩幅は広くなく、華奢《きやしや》な感じで精悍《せいかん》さはない。いわば優男《やさおとこ》といっていい。背筋を伸ばして、大股で歩く癖がある。座高は高くない。

浅見の両手は柔らかく、それでいて腕は逞《たくま》しい。『高千穂《たかちほ》伝説殺人事件』で浅見がお見合いをした相手、ヴァイオリニストの本沢千恵子《ほんざわちえこ》は、浅見の逞しい両手に肩を押さえられて、「このまま腕の中に抱きすくめられて、気を失ってしまいたい」とまで思ってしまう。

○声

若い女性をふらっとさせるようなバリトンである。出そうと思えばいい声が出せる、と自分でも思っている。

○雰囲気

陽気で温かい雰囲気を持った青年で、その場に加わっただけで春風が吹き込んだような印象を与える。育ちも頭も良さそうに見える。坊っちゃん坊っちゃんしたのんびりした動作と風貌から、一見ヌーボーとしていて、優しいだけが取り柄の男かと思われたり、ひ弱な都会的ボンボンに見られたりする。のほほんとした雰囲気があるが、うちには、計り知れない鋭さを秘めている。

甘いマスクだが、女たらしという感じではない。どことなく品があり、実年齢三十三歳よりずっと若く、頼りなく見える。真面目そうで人なつっこい笑顔を作り、全く邪心を感じさせないところは、初めて会った人をも安心させてしまう。その上、真っ直ぐに相手を見て喋《しゃべ》るので、相手はぽろりとつい本音を話してしまうことが多々ある。

浅見の服装

今では浅見の定番アイテムと言えば、やはりブルゾンにスポーツシューズ、白いタオル地のテニス帽ということになるが、他の服装をしないわけではない。

○ブルゾン以外の服装は？

もともと浅見は服装に気を使わない性格なので、軽井沢のセンセの作品で浅見が紹介され始めた頃は、サファリルックなるものも着ていた。ある製菓業界の取材をしたときは、ブルゾンではかえって目立つというのでスーツを着用したこともある。

〔この日、浅見は珍しく、いつものブルゾン姿をやめて、きちんとしたスーツを着用している。大会社を訪問する儀礼的な意味ではなく、浅見の『ユニフォーム』であるブルゾン姿は目立ってしまうことを配慮したものだ。旭光《きょっこう》製菓の周辺には、顔見知りの報道関係者がウヨウヨしていると思わなければならない（白鳥殺人事件）〕

その他には、スポーツシャツの上に麻《あさ》の上着を着たり、取材先のホテルでシャワーの後、ジーンズにTシャツ姿で緊急事態に待機したり、あるパーティに幼なじみの野沢光子《のざわみつこ》と出席した時は一張羅《いっちょうら》のスーツを着用したり、最近では着古したような茶色のジャケットも着用している。

また、母・雪江《ゆきえ》の名代《みょうだい》として佐橋登陽《さはしとうよう》の陶芸展に出席したときはスーツにネクタイをしっかり締めているし、国際生花シンポジウムのオープニングセレモニーには、白っぽいベージュのジャケットにネクタイという出で立ちだった。たまたま信濃《しなの》のコロンボ・竹村《たけむら》岩男《いわお》と同行することになって被害者宅で線香をあげたときは、さすがにブルゾンはやめて、淡いブルー系統のシャツに地味な紺色のジャケットで出掛けた。お手伝いの須美子《すみこ》嬢には「なんだかお葬式にいらっしゃるみたい」と妙な顔をされたものだ。

珍しいところでは、友人の結婚式に出席するため、兄・陽一郎《よういちろう》の礼服を借りて外出したことがある。いつものサファリルックで出掛けようとしたところを、母親に「狂気の沙汰《さた》」とまで言われて、無理矢理着せられたものだ。黒いドスキンの略式礼服にシルクのキラキラ光るようなネクタイ、黒の短靴といった姿に、「首から下、他人の躰《からだ》が歩いているよう気がした（平家《へいけ》伝説殺人事件）」というほど違和感を抱く浅見であった。

この不幸な事態は、たまたま兄の若い頃の服が足の長さ以外はぴったりのサイズだったことが原因している。長身でハンサムな男がバシッと決めた礼服で歩いていたので、行き交《か》う女性達はみな注目したが、それさえ、侮蔑《ぶべつ》と嘲笑《ちょうしょう》にしか受け取れないという、悲劇的性格をしている。どうやら浅見本人はブルゾンやサファリルック以外は似合わないと思っているらしい。

○ブルゾンは何種類もっているか？

北は北海道から南は沖縄までブルゾン姿で飛び回る浅見だが、すべて同じブルゾンではないようだ。服装には無頓着といいながらも、それなりにブルゾンにはこだわっている様子がうかがえる。そこで浅見が着用しているブルゾンを検証すると、次のような物がある。

①淡いブルーのブルゾン、②白のブルゾン、③色褪《あ》せたブルゾン、④洗い晒《ざら》しの淡いブルーのブルゾン、⑤白っぽいラフなブルゾン、⑥上等でないブルゾン、⑦クリームがかった茶系統のブルゾン、⑧くすんだグリーンのブルゾン、⑨淡いグリーンのブルゾン。

このうち、④洗い晒しの淡いブルーと①淡いブルーのは同じ物らしい。また、「⑥上等でないブルゾン」とは、どれを指すかは不明だが、他のどれかと思われるので、少なくとも七枚は持っていることになる。

○ブルゾンの下は何を着ているか？

ではそのブルゾンの下には何を着ているのだろうか。

①半袖シャツ、②Tシャツ、③ポロシャツ、④白いスポーツシャツ、⑤薄手のモスグリーンのセーター、⑥ワイシャツなど、季節や場所柄に応じて変化させている、浅見の気遣

いがうかがえる。

○テニス帽はどんな物を持っているのか？

テニス帽は、白とベージュがかったものとあり、タオル地で防水のきいたものである。

○どんな靴を履《は》いているか？

普段、ブルゾンの時の靴はビニールレザーや、スポーツシューズで、一足三千円位の安物を履《は》いている。トップスのアイテムによっては、革靴を履くこともある。

浅見の嗜好《しこう》

○下戸《げこ》か酒豪か？

基本的に浅見はアルコールをあえて飲みたいとは思わない。一滴も飲めないという訳ではないので、その時の雰囲気や誘われた理由などによって、様々なものを飲んでいる。ワイン、ビール、焼酎、水割り、など。

学生時代には酔いつぶれて、友人に送って貰ったこともあるし、夜遅く帰った兄とビールを酌《く》み交わすこともある。

自らすすんで飲むことがないわけではなく、やりきれない心のままに痛飲したこともある。隠岐《おき》の発掘調査に同行した際には、身分を警察に暴露され、結果として仲間を誑《たぶら》かした形になり、みんなはもとより佐治貴恵《さじきえ》にもそっぽを向かれ、いつになく度を過ごした飲み方をしたことがある。また、美濃路《みのじ》の事件では、犯人の選んだ悲劇的な結末に、強くもない酒を酔いつぶれるまで飲んだ。

酒を飲まない理由が、志摩《しま》半島の事件簿で語られている。「探偵の仕事に関係あり、取材中にこれから車を駆ってどこへ行くようになるのか分からないのに酒で酔うわけにはいかない」

○好きな煙草の銘柄は?

煙草もヘビースモーカーではなく、銘柄へのこだわりもない。タバコを吸うのは珍しいが、照れ隠しに吸ったり、思考のお供に銜《くわ》えたりと、あまり正統派の愛煙家とは言えない。

因《ちな》みに事件簿に載っている浅見の飲んだ煙草は、マイルドセブン、キャビン、セブンスター、マールボロであるが、いつもポケットにねじ込んであるらしく、取り出したタバコはヨレヨレの場合が多い。

○コーヒーと紅茶はどちらが好きか？

コーヒーはブラックで飲むこともあるし、ミルクや砂糖を入れることもあるので、通という程のコーヒー好きではない。

「モカですか」と知った風な顔をして言ったら「ブルーマウンテンです」と言われて恥ずかしい思いをしたことがあるくらいだから、銘柄や産地も詳しいというわけでもない。「砂糖を入れ、スプーンでクルクルやってミルクの渦巻きを作る」という飲み方が一番好みのようだ。カッコつけたいシチュエーションになると、ブラックで飲んだりする。

紅茶はプリンスオブウエルズが断然好きだという。そのブランドを選んだのは須美ちゃんで、理由がふるっている。「プリンスというのが坊っちゃまにぴったりだと思ったものですから」などと言って浅見を喜ばせている。
○○派というほど、どちらもそれほどのこだわりはない。その時によって相手や状況に合わせて、コーヒーになったり、紅茶になったりする。こんなところも浅見のノンポリぶりが顔をみせる。

浅見の好きなもの

○音楽ならモーツァルト

モーツァルトならなんでもいい。「モーツァルトは謎だ、常に理解を超えたところにある音楽だ」といういわゆる、音楽理論とは無縁の素人《しろうと》のモーツァルト信奉者だ。カーステレオもモーツァルトを揃《そろ》えている。

『天城峠《あまぎとうげ》殺人事件』では、テープを流しながら、運転席に横たわり〝肉体と頭脳のほとんどの部分を休息させていながら、それでいて、目標物の変化に対する神経だけは、絶えず働いている〟状態で犯人を待つ。〝サバンナに横たわる飽食した猛獣〟を思わせる。

しかし、モーツァルト以外は聞かないというわけではない。竹久夢二《たけひさゆめじ》記念館の「森のギャラリー」を訪れたときは、タンホイザー序曲のオルゴール曲をリクエストしている。

○絵画ならミレー

浅見は、それほど絵に造詣《ぞうけい》が深いわけではない。従って難しい抽象画など、いいのか悪いのか、さっぱり分からない。ミレーはその点、浅見のような者にも分かる具象画であるところが好きな理由だ。夕暮れの畑で、農家の夫婦が遠い晩鐘《ばんしょう》を聞きながら、夕べの祈りを捧《ささ》げる風景など、しみじみとした臨場感が味わえるところが気に入っているそうだ。

○食ならなんでも？

車海老《くるまえび》のチリソース煮・海の幸・辛《から》み餅《もち》・蕎麦《そば》・ラーメン・カレー・フライドエッグの黄身・半熟卵の黄身・蟹《かに》・シャコ・メロン・鰻《うなぎ》・魚料理等々は特に好物。「悪食《あくじき》＝トマト以外なら何でも食べる雑食動物」と自分を評価し、その食べっぷりは見事で人を呆《あき》れさせる。

スパゲティーが運ばれると、粉チーズをたっぷりかけ、タバスコをかけ、幸せそうにフォークを突き立て、健啖《けんたん》振りを発揮する。

熱い物を早く飲み込むのは、浅見の特技である。というより、どういうわけかゆっくり食べることの出来ない性質で、グラタンなどはフウフウ、モガモガ言いながら見る見る平らげてゆく。

また麺類は大好物。城崎《きのさき》では一人前・五枚で六百五十円の出石《いずし》そばを、十七枚も平らげた。旨《うま》い蕎麦屋があると聞けば、千里の道も厭《いと》わない。なお旅先ではラーメンかカレーライスに限るようだ。その理由としては、安いし味はだいたい間違いないし、そういった店では、地元の人達の気取らない会話がしぜんに耳に入ってくるのがいいということだ。

そのように食欲旺盛な浅見だが、『鬼首《おにこうべ》殺人事件』で稲住《いなずみ》温泉に泊まったときは、岩魚《いわな》料理をはじめとする刺身、塩焼き、フライなど、連日、分不相応な料理を食べて、自分がひどく堕落しかけているような気がしたという。

○朝食なら和食

浅見の夢は朝食に和食を食べることである。しかし、希望はなかなか叶《かな》えられないようだ。浅見家の朝食はたいていトーストと決まっているらしく、居候《いそうろう》の次男坊がそのような希望意見を持ち出せるわけはないのだ。しかし意外な場所で浅見はこの希望にそった朝食にあずかることになる。米問題の捜査で山形に行ったとき、たまたま山形県警に〝泊めていただいた上に朝食までいただいた〟のだ（沃野《よくや》の伝説）。

アルミのトレイに乗ってはいたが、内容は丼飯と味噌汁と卵焼きとたくあんで、特に卵焼きがついていたことに満足している。

卵と言えば浅見の好みはフライドエッグの黄身が半熟になったもので、うまくフォークですくえると満足感が増すようだ。この半熟状態を絶妙に作ってくれるのが、浅見家のお手伝い、須美子嬢なのである。日頃口うるさいお手伝いだが、この卵料理には浅見も大満足している。

○温泉なら温《ぬる》め・岩風呂

浅見は長岡《ながおか》温泉に行ったとき「たまには温泉もいい」といって、早々に檜《ひのき》風呂に浸《つ》かっている。清々《すがすが》しい檜の香りと少し温《ぬる》めの湯をじっくり楽しんだ。このぶんなら岩風呂も堪能できると期待している。伊香保《いかほ》温泉に入ったとき温め好みの理由を挙げている。「長湯をしながら、ぼんやり考え事に耽《ふけ》るには温めの湯が何より」だそうな。

○住むなら都会よりローカル

例えば軽井沢だという。

〔浅見は東京よりむしろローカルの方が数段好きだ。東京には仕方がないから住んでいるというだけで、それこそ、もし『独立』が可能なら、どこか――そう、例の小説書きが住んでいる軽井沢あたりにでも住みたいものだと思っている（長崎《ながさき》殺人事件）〕。しかし、軽井沢のセンセの隣人になるのはイヤであるらしい。

○ドライブならひとり

ドライブは好きだが、仕事絡みでないと滅多に行かない。別に孤独を愛する――などと気取るつもりはないが、ドライブは独りに限るという。また車の中は誰はばかることのない自分だけのくつろげる空間だとも言っている。浅見の孤独癖は子供の頃からの年季入りで、気がつくと独り遊びをしていたことがよくある。

「群れ騒ぐ人々から離れて、ひっそりと佇《たたず》み眺める視点の持ち主が詩人だとすれば、浅見にもその才能がある」と軽井沢のセンセも、その作品『遺骨《いこつ》』の中で浅見の才能を認めている。

浅見の嫌いなもの

手始めに浅見の嫌いな人種に対する批判を検証しよう。

○「大」のつくほど嫌いなものって何？

浅見は世の中の不合理や非条理に敢然と立ち向かうようなかっこいい振る舞いは苦手な男で、大抵のことには寛大であったり、理解を示したりして、ひたすら平穏無事を祈るケースが多い。そんな浅見が「大」のつくほど嫌いなのが暴力と酔っぱらいの二つである。その二つを兼ね備えたような男が、嫌がる女性の腕を引っ張っているのに出くわし、（許せない）と、ほとんど無意識に立ち上がってしまった。意思とは関係無しに躰が反応してしまうタイプで、いつも後悔する結果になる。この後どのような結果になったかは、『琵《び》琵琶湖《わこ》周航殺人歌』を読んでいただきたい。

暴力が嫌いであれば必然的に暴力団も大嫌いだ。犯罪には止むに止まれぬ事情があって、心ならずも手を染めるケースが多いが、最初から罪を犯す目的を誇示しながら存在する団体であることが我慢ならない。その存在を許している社会、マスコミや警察の弱腰に不満をぶつけるが、そういう浅見も、温泉に入っていて、クリカラモンモンの背中に突然お目にかかったりすると、湯の中に顔を隠すような弱腰でもあるのだ。

また、すねかじりが酒を飲むことも批判的に見ている。ちなみに、酔っぱらいについての浅見の考えは――

「酔客や酔ったふりをして悪ふざけをする連中が嫌いだ。だいたい日本の法律は酔っぱらいに甘く出来ている。酔った上での犯行に対しては『心神耗弱《しんしんこうじゃく》』という理由で情状《じょうじょう》酌量《しゃくりょう》される。多くの場合は罪にならないか、せいぜい『未必の故意《みひつのこい》』という程度の一種の過失罪が適用される。したがって、もしあなたが誰かを殺したいと思ったら、あらかじめ前後不覚にならない程度の酒を飲み、凶行に及んだ後、今度は徹底的に泥酔《でいすい》するまで酒を飲んで、被害者の死体の傍《かたわ》らにぶっ倒れてしまうことをお薦《すす》めする。

それはともかく、酔った上でのことは大抵は許されると知っているから、それを目的に酒を飲み、酔ったフリをするヤカラも少なくない道理だ。温泉なんかに行けば、大抵、一人や二人はそういう手合いに出くわす。温泉そのものは好きだけれど、そういうのを煩《わずら》わしいと感じるから、滅多に温泉には行かない（鏡の女）」とある。
ところがその浅見自身が心ならずも、まさに右記のような事態に至ってしまい、被害者の死体の傍らにぶっ倒れていたことがある（佐渡《さど》伝説殺人事件）から、この世はミステリーである。

○その他の嫌いな人種

ほかに浅見が嫌いな人種は、「オールドミス」などの思いやりのない言葉をつかう人、テレビ界の雰囲気、融通《ゆうずう》の利《き》かない官僚的性格の人物、恥知らずな政治家、似非《えせ》宗教家といったところ。

次に、どんなものが嫌いかを検証しよう。

○風呂……日頃は風呂嫌いだが、温泉や大浴場なら歓迎する。旅は好きだが飛行機は嫌い、女性は好きだが結婚は嫌い――と、甚《はなは》だ矛盾（?）の多い男だ。また、裸になる状況に抵抗を感じるから、他人の家に泊まるときは風呂には絶対に入らない。

○試験……友人に頼まれて津軽に行ったときは、弘前《ひろさき》美人の石井靖子が司法試験に挑戦していると聞いて、試験と名のつく物が大嫌いな浅見は、無意識に顎を撫でながらゾッとする。そのくせ試験問題のヤマカンはばっちり当たるというのだから浅見光彦は不思議がいっぱいという他ない。

○私小説……その嫌いな理由を『志摩半島殺人事件』で刑事に語っているので拝聴しよう。

「自分の体験や人生を語るなどというのは、それがたとえ、どれほど文学チックに書かれていようと、所詮は自慢話か年寄りの愚痴《ぐち》みたいなものですから」

○歯の浮くような金属音……讃岐路《さぬきじ》で石の町、庵治《あじ》町に行き、石を切断する時の金属音とも擦過《さっか》音ともつかない音を聞いて、石鹼《せっけん》箱をタイルの床にこすりつける時の音を連想し、「ウヒャー」という声を発しながら耳を押さえる。まあ好きな人はいないだろう。

○ナメクジ……「あの粘着質のかたまりみたいなヤツは、生理的に大嫌いです」と言いながら、新進ピアニスト三郷《みさと》夕鶴《ゆづる》の前で「しかし、あれに塩をかけて、モゾモゾ蠢《うごめ》きながら溶けてゆく様子を見ながら……」などと言って怖がらせる所を見ると、嫌いなのかどうか怪しくなる。他に女郎蜘蛛《じょろうぐも》などの虫類も嫌い。

○トマト……食べ物は何でも食べる浅見にとって唯一嫌いな食べ物。なんでも昔、幼少のみぎりに食した、畑で熟《う》れた、お日様をいっぱいに浴びたトマトの美味しさが忘れられなくて、今のハウス栽培のトマトは嫌いなのだそう。しかし、「畑で熟れたトマト」など、いつ、どのように手に入れたのか、腕白《わんぱく》時代の浅見少年を考えると、怪しい窃盗《せっとう》の臭いもするが、今となっては事実を追求してももはや時効かもしれない。

○一部の犯罪……強盗、通り魔、暴力団の抗争、変質者、喧嘩など、目的や動機の単純な殺人事件には全く興味を惹《ひ》かれない。むしろ吐き気がするような嫌悪感ばかりがつのって、目を背《そむ》けたくなる。軽井沢のセンセはそれを浅見の「悪癖」の一つだと言う。

○バイキング……ホテルの朝食でやるバイキングが嫌いな理由は、洋食だからである。

浅見の苦手なもの・怖いもの

母・雪江／お化け／丑三《うしみ》つ時／血の色／飛行機／高いところ／注射／天井の染《し》み／切り立った断崖／高層ビル／お高く止まった女性／冬山登山／学者先生など。

かりそめにも探偵などと言われて様々な殺人事件に携《たずさ》わっているワリには、怖いものや苦手なものが多いのがおかしい。母・雪江に対しての苦手振りは、別項で触れるので、ここではそれ以外のものを検証してみたい。

○飛行機が苦手な理由は？

浅見の飛行機嫌いは、マザコンと共に名を馳《は》せているので、浅見ファンで知らない人は少ないだろう。幽霊と飛行機が大の苦手の臆病者である。あるかないかわからないような理由を挙げているので拝聴しよう。

「幽霊は消えるし、飛行機は落ちる。そういう不安定なものが心底怖い。金属の塊《かたまり》みたいな重い物体が、何百人もの人間を積んで空中に浮く——という現象が、どうしても信じ切れない。これは何かの錯覚であって大魔術『空中遊泳』と同じように、催眠術が破れると、地上に転落するような気がしてならない」

そこで、ブルートレインやフェリー、新幹線など他の交通機関を利用してきたが、あまりに時間がかかりすぎる。貴重な原稿を書く時間が消費されるのは忍びない、という訳で、北海道、四国、九州に限って、節《せつ》を曲げ、飛行機を利用するに至った。しかし、清《せい》少納言《しょうなごん》と西郷隆盛《さいごうたかもり》の親戚関係を調べるために九州へ行ったときは、新幹線であった。そのときは列車の旅もいいものだ、などといいながら、隣の席の美女に突然泣かれて、うろたえてしまう。浅見ならずとも、そのような場面に出くわせば誰しも同じ心境であろう。高所は怖いが、低空で飛行されるともっと怖い。さざ波の一つ一つまではっきり見える高さで旋回されるのは耐え難い恐怖である。

梵鐘《ぼんしょう》の謎を追って高松空港まで乗った時は、雲の中に入ると、翼の先がユサユサ揺れ、機体は激しく上下し、時折稲光まではしるにいたり、なるべく窓の外を見ないようにして、じっと座席に身を委《ゆだ》ねていた。しかも偶然機内で出会った刑事達が騒ぎまくるので、操縦に支障をきたさないかと気が気でなかった（鐘《かね》）。

別の事件で刑事と同行した羽田から隠岐までの機内では、睡眠薬を飲んでいる。恐怖心から逃れるためと同時に刑事のお喋りを封じ込めるためである。

最近ではやっと飛行機が安全な乗り物であると、納得しつつある。毎日何千とあるフライトで事故は年間通じてごく僅《わず》かである。安全第一に飛んでいれば、ぶつかったり脱線したりするおそれのない空の旅に危険があるはずがないのだと。そんな、子供でもわかる結論を得るのに、浅見は物心ついてから二十年以上も要したことになる。

しかし、その気を削《そ》ぐように、安全性をとことん追求したハイテク機が落ちた事故を知って、「だから僕は飛行機は嫌いだ」と気持ちは後退している。

○飛行機は苦手だが美人となら平気か？

人形作家の広崎多伎恵《ひろさきたきえ》と鳥取《とっとり》まで飛行機で行くことになり、「あなたを見て、僕はほっとしましたよ。飛行機が落ちても、あなたと一緒なら、まあいいか——って（鳥取雛送《ひなおく》り殺人事件）」などと言っている。この女性が一時行方が分からなくなってしまった時、浅見は泣きそうな声で必死の形相《ぎょうそう》になっている所を見ると、そうとう本気だったと考えていいかもしれない。

○高所恐怖症というのは本当？

学生の頃、丹沢《たんざわ》の沢登りに参加したとき、滝壺《たきつぼ》をまいてゆく崖《がけ》っぷちのルートで、下を見たとたん足がすくんで動けなくなった。文字通り金縛《かなしば》りそのもので、脳の司令室が全神経の筋肉に「動くな」と命じているとしか思えなかった。ヤモリのように崖にへばりついたまま微動《びどう》だに出来なかった状況から、どうやって脱出し、尾根筋まで辿《たど》り着いたのか、まったく記憶にない。

浅見は雪江に次のように高所恐怖症の弁明をしている。

「そもそも人類が木の上から地上に降り、二本の足で歩くようになったという発生の過程から言えば、人間が高い所を敬遠するというのは、むしろあたりまえなのであって、それこそ人間の進化の証明というべきですよ。『煙となんとかは高い所が好き』というのは、あれは真理にちがいありません（記憶《きおく》の中の殺人）」

○どれほどの高所からだめなのか？

日光《にっこう》の牧場で心ならずも馬に乗せられた時、その意外な高さに「僕はその、高所恐怖症なものだから……」と、情けない声を出しながら、鞍《くら》にしがみついている。

また、新神戸《しんこうべ》オリエンタルホテルに泊まったときは、部屋が二十六階と聞いて気持ちが萎《な》える。十階以上はいささかこたえる高さなのだ。

この事から考えて、体が剝《む》き出しの場合は、自分の身長以上の高さから上はダメで、周《まわ》りに囲いがある場合は、建物の十階以上はダメということになる。ところが、こともあろうに新宿高層ビル五十四階で食事をしたことがある（小樽《おたる》殺人事件）。迂闊《うかつ》にも階数を確かめずに美女と待ち合わせをしたのだが、その時は、怖さもわすれて食事に熱中したというから、浅見の「食いしん坊」ぶりは高所恐怖症を凌駕《りょうが》するほど、そうとうなものといえる。

とはいえ、病《やまい》はかなりの重症で、切り立った断崖に立つと、恐怖は格別で、体は金縛り状態になり、奈落の底に吸い込まれるような気分に陥《おちい》る。

久慈《くじ》署の刑事と行った「北山崎《きたやまざき》の赤い壁」といわれる断崖絶壁に立ったときは、海から吹き上げる強風と波音で恐怖感が倍増され、浅見は松の幹に抱きついて、やっとの思いで目を開き、地球が揺れているような海の、なるべく水平線に近いあたりを眺めたものだ（琥珀の道《アンバー・ロード》殺人事件）。「大きな声を出すと、松の木から手が放れてしまいそうで、恐ろしい」と告白している。

しかも、浅見は感情移入が異常なほど激しいので、断崖を覗き込んでいる人を傍観しているだけで、まるでその人の目を通して、断崖直下の海を覗き込んでいるような錯覚に陥り、人ごとながら、卒倒しそうな気分になる。しかもそこから転落し、無残な死骸となって横たわっている姿まで想像してしまう。

そんなわけで、リフトやロープウェイのゴンドラなども苦手な乗り物である。立っている足元から、ゾクゾクする恐怖感が全身に這《は》い上がってくるらしい。

○幽霊が怖い理由は？

飛行機の次に幽霊やお化けのたぐいが苦手。強盗や殺人鬼ならとりあえずドアをロックしておけば防げるが、幽霊や化け物はどこからでも入ってくるし、何をするか分からない。夜中にトイレのドアを開けたら目の前に得体《えたい》の知れぬモノが立っていた——なんて考えただけでもゾーッとするほど怖い。

浅見にとって、「深夜」という時間空間そのものが得体の知れないモンスターなのである。午前二時を過ぎる頃には、どんなに夢中で仕事をしていても、ゾーッとするものが背筋を走るという特異体質である。

日頃、母・雪江や須美子から「臆病」の一言で頭から馬鹿にされている浅見は、「幽霊やそういうたぐいのものを恐れるというのは、情操豊かな証拠だ」という珍説をとなえる。あげくに、須美子は新潟の野中の一軒家で生まれ、幽霊を怖がってなどいられない環境で育ったからだし、雪江などは、人間社会よりも幽霊社会の方が近い年代だから、幽霊に親しみを抱いているのだと、破れかぶれの反論をしている（隠岐《おき》伝説殺人事件）。

○幽霊やお化けを信じているか？

「怖がるからと言って、その存在を信じている訳ではない。矛盾しているようだが、『心の遊び』と呼んでいる」とは浅見本人の弁だが、これは怪しい。どうも浅見は、「祟《たた》り」というようなオドロオドロしい話は苦手で、丑三つ時に化け物が出る、魑魅魍魎《ちみもうりょう》が動き出す、などという話をなかば本気で信じている節《ふし》がある。

夜中に目が覚めると、ベッドの上で耳を澄まして夜のしじまの底から聞こえる様々な音を聞いてしまう。家の柱の軋《きし》む音が、墓場の蓋《ふた》が開く音のように聞こえる。森羅万象《しんらばんしょう》にひそむ物《もの》の怪《け》が、闇の中から立ち上がって、じっとこちらを窺《うかが》っている姿を想像してしまう。

お化けや霊魂が存在するかしないか——などと科学的な論拠とは関係無しに、感性の問題だという。どうやら浅見は、夜の暗闇にひっそりうずくまる白い影を感じるらしい。

○人魂《ひとだま》や幽霊を見たことがあるか？

【遭遇——一】

「少年の頃、人魂らしき現象を見た」と『佐渡《さど》伝説殺人事件』をはじめ、いくつかの作品で告白している。

いつという定かな記憶もない夏の夜のこと。友人の家の二階の縁側に座って、手摺《てす》りにもたれて、なんとなく外を見ていた。闇夜だったかもしれないが、部屋の灯りや街灯のせいか、隣の家の屋根などはかなりはっきり見えていた。

突然、隣家の塀の向こう側から、バレーボールほどの大きさと思われる光の玉がフワフワと上昇したかと思うと、その家の軒づたいに十メートルばかり、スーッと流れて消えた。

「おい、いまの、見たか?」

部屋の中の友人を振り返ったが、彼は漫画本か何かに没頭していて、キョトンとした目をこっちに向けた。

以来「お化け」を怖がる体質になってしまった、とは浅見本人の弁である。

【遭遇──二】

浅見が幽霊を見るのはそう珍しい事ではないらしい。幽霊を見るときはいつも金縛り状態で、もっとよく見たいと思っても、逆に布団を被《かぶ》ってしまいたいと思っても、身動きがとれない。

三十三歳にして幽霊を見たその時は、夜半に小雨のパラついた程度で、梅雨《つゆ》の中休みのような静かな朝だった。ベッドの裾《すそ》のほうに白いものが座っている。人間の姿かどうかは分からず、ましてや男女の判別などできない。害意を持っているかどうかも、何が目的かも分からない。この「分からない」というのがなんとも恐ろしい。この沈黙状態でいられる怖さは、幽霊と女性に共通するものだと言っている(鏡の女)。

【遭遇──三】

恐山《おそれざん》のイタコの「ばさま」に会いに行って、会えずに薬研《やげん》温泉に泊まった夜、浅見は妙な経験をしている。時はまさに浅見の苦手な午前二時。尿意を覚え用を足して布団に潜《もぐ》った時、ドアを叩くので開けると、明日会うことにしたイタコのばさまの嫁さんにあたる人が立っていた。嫁さんといってもとっくにおばさんという年齢であるが、その嫁さんから「ばさまが亡くなった」と告げられた。布団を片づけて「どうぞ、お入りください」と振り向くと、おばさんが消えていた。その時浅見はゾーッとした、よく考えてみるとその宿に浅見が泊まっていることを嫁さんが知っているわけはないのだ（恐山殺人事件）。

翌日になって浅見はもっと驚く。イタコのばさまが夜中に死んだという。ここで妙なのが、嫁さんである。死んだのがばさまなのになんで嫁さんが出たのか。生き霊だろうか。謎である。それはさておき、浅見は、迷信は信じないがお化けは怖い、という男である。

○お化け対策に実行していることは？

夜中にトイレに起きなくて済むように、寝る前の飲物はなるべく避けているし、締切の迫った原稿書きの仕事があっても、丑三つ時がやって来る前にはなるべく切り上げることにしている。

深夜はベッドの上で、分厚い毛布にすっぽりくるまれて眠るよう心懸けている。そうでなければ、安心できないのだ。

○探偵なのに血を見るのが怖い？

浅見は血を見るのが嫌いだ。鋭利な刃物もだめ。カミソリの刃が白い肌にスーッと走る——などという情景を想像しただけで、身震いが出る。映画やテレビのスリラー物で、真っ赤な血がドバッという感じで画面に散ったりすると、思わず目を背けてしまい、その先を見る気がしない。

注射針が刺さっただけでも、失神しそうになる。注射や採血をされるのがいやで、よほどの重体にでもならない限り、おそらく医者にも行かないであろう。浅見は自分でもだらしのない人間だと思っている。

「僕は臆病者だから、まともに死に顔なんか見られない」などと言っているかと思えば、一方で、好奇心のなせる業《わざ》か「死体は平気」ともいうから変わり者も相当だ。「死体はもはや物体となり、なにもしませんから」というのがその理由だ。

しかし、初めから死体と分かっていて見るのと、いきなり腐肉を摑《つか》むのではまた勝手が違うらしい。博多で発掘作業の一団に加わった際には、手を突っ込んだ土中に死体があり、いきなり腐肉の付いた手首の関節部分を摑んでしまったときは、卒倒しそうになった。

○偉い学者が苦手？

インタビューなどで政治家や財界人と会うときには、あまり気後れしないのに、学者先生は「どうも苦手」だという。兄と親しいT薬科大学の学長を訪ねたときも、ガチガチに緊張している（蜃気楼《しんきろう》）。

「落ちこぼれの自分にとって、大学はともかく学長などという人種は苦手だ」とか、「学生時代、勉強が嫌いだった後遺症かもしれない」などと言っている。学生時代の落ちこぼれだったことをあげ、必要以上に自分を矮小化《わいしょう》して、相手を肥大化してしまうのではないか。実際会ってみれば、それほど緊張するほどのこともなかった、という結果になるのだ。

浅見の愛車

○歴代の愛車は？

浅見が初めて登場した時に乗っていた「洒落《しやれ》たスポーツカータイプの車」は、「ギャラン」であるらしい。高千穂の事件の時は白い車に乗っている。これがスポーツカータイプかどうかは定かではないが、浅見にそう何度も車を買い換える経済的余裕はないだろうから、同じ車だと考えられる。

3ナンバーのソアラリミテッドに変えたのは、『「首《くび》の女《ひと》」殺人事件』の頃。五百万円という外車並の価格で、向こう三年間はローンに苦しむことになる。窓は防眩硝子《ぼうげんがらす》が入っている。性能も乗り心地も抜群、と浅見はベタ褒《ぼ》めし、やっとローンを払い終えて名実共に自分の所有物となった時には、ソアラに真紅の薔薇《ばら》を一輪捧《ささ》げている。

しかし、その喜びも束《つか》の間《ま》であった。『熊野古道殺人事件』で、心ない軽井沢のセンセによって、愛《いと》しのソアラは道路脇の岩に激突され、大破してしまう。浅見の嘆きはいかばかりであったか計り知れない。脳裏《のうり》には「愛するソアラの無残な姿がフラッシュバックのように点滅」しながらも、気持ちをぐっと抑《おさ》えて、センセの安否を気づかうのが我らが浅見のいいところなのだ。

熊野から帰った四月一日に、浅見家にニューソアラが届けられる。日頃はケチの軽井沢のセンセもさすがに気がさしたのか、浅見に新車をプレゼントしてくれた。が、四月一日という日付に、浅見は妙な胸騒ぎを覚えた。

○ソアラに性別があるって本当？

浅見は、初代ソアラに「血肉を分けた弟のような愛情」を感じていた。このことからもソアラの大破が、どんなにショックだったかがわかる。

一方、ニューソアラはどうかというと、木曽の馬籠《まごめ》を取材中、ソアラの後ろについていた車に追突されたことがあった（皇女《こうじょ》の霊柩《れいきゅう》）。その瞬間（愛しいソアラ嬢をどうしてくれるんだ——）と怒っていることから、ニューソアラの方は女性と考えられる。

いずれにせよ浅見にとってソアラは、身内に近い愛情を持つ大切な存在なのである。

○ソアラのローンはどうなっているの？

五百万で購入したソアラリミテッドは三年ローンだった。貯金をはたき、毎月十万円近い額を払っている。原稿料の大半をソアラのローンとガソリン代に当てる。母親には「分不相応なお高い車」と冷ややかな目で見られるが、唯一最大の商売道具である点を強調する。

その後、軽井沢のセンセからプレゼントされたニューソアラは、頭金の一割が支払われただけだったので、浅見はまたしても愛車のためにローン地獄の日々を送る羽目《はめ》になったのだ。ニューソアラの価格は不明なので、はっきりと断言はできないが、価格を六百万ぐらいと設定すると、頭金はおよそ百万円と考えられるところから、軽井沢のセンセはその一割である十万円程しか払わなかったのではないだろうか。そうすると、浅見が支払っているニューソアラのローンは「一カ月十二万円」の六十回払いぐらいと考えられる。

新車のローンは「一カ月三万円」と『沃野の伝説』に書かれているが、これはどうも眉《まゆ》唾《つば》らしい。事実、センセは少しでもローンの金額を少なく書きたいらしいが、『軽井沢通信』の中で浅見は「前のソアラよりローン金額が多いニューソアラ」と暴露しているからだ。どうやら、収入のほとんどをソアラに費やしている、というのが真実の浅見の生活らしい。

○運転は上手《うま》いのか？

全国をソアラで疾駆する浅見チャン、運転する時に心懸けている「主義」がある。眠くなったら早めに眠ることと、馴れない道ではスピードを出さないこと。

しかし、スピード違反で免停を食らったこともあるし、三度捕まってもいるので、相当なスピード狂かもしれない。初代ソアラで速度オーバーして「キンコン」と鳴ってもアクセルを踏み込んでいるし、百キロのスピードでハイウェイを走ったり、交通違反もチョコチョコある。

スピード違反でネズミ取りに引っかかったことなど猛母・雪江には絶対知られてはなら

ないことなので「いつでも法規に則《のっと》った正しい運転をしています」と自己申告している。

○他人にソアラを運転させたことはあるか？

ソアラの助手席には妙齢な女性をあまた乗せているが、運転を許した人となるとそう多くはない。男性では軽井沢のセンセと刑事ぐらいである。

刑事が運転するというシチュエーションは、浅見が事件に首を突っ込んだためにあらぬ疑いを掛けられ、連行される際に、浅見はパトカーに乗せられるので必然的にソアラは刑事が運転することになる（讃岐路殺人事件）。そんな時は、愛車が乱暴に扱われやしないかと気が気ではない。

ヒロインのうちでソアラを運転したのは、竹人形で有名な越前《えちぜん》で出会った女性記者、片岡明子《かたおかあきこ》。もう一人は「日蓮《にちれん》」の取材中に出会った宝石鑑定士の伊藤木綿子《いとうゆうこ》で、ソアラで浅見家へ乗り付けている。

お手伝いの須美ちゃんも、札幌の事件簿で、浅見に頼まれてソアラを運転している。傘を持って歩きたくないため、浅見が羽田まで送ってくれと頼んだが、「坊っちゃまの愛車で事故でも起こしたら大変です」と言って、最寄りの上中里《かみなかざと》駅までになった。この時浅見は「かまわないさ、また買えばいい」と、簡単に買えない代物《しろもの》なのに、心にもないことを言って須美ちゃんの冷笑を買っている。

○「ホテルソアラ」って何？

津軽を取材した際に、ケチな藤田編集長が、宿代をケチったあげくにのたまわった言葉で、愛車の中で眠ればいいということの代名詞。

あるとき浅見は、警察で身元を調べようとする刑事に「まさか家に連絡なんかしないでしょうね？」「それだけはだめ！」と悲痛な声を上げる。「居候《いそうろう》の身分に関わることだからお願いしているのです。家を追ん出されたら、ソアラの中で暮らせとでもいうのですか？」と、あわや「ホテルソアラ」が実現しそうになったことがある。

しかし、刑事さんは藤田よりもっと優しい提案をしてくれた。「心配しなくてもいい。職住接近、三食付きの、規則正しい健康的な生活を約束します」と。

その二――浅見光彦を内側から分析する

浅見の性格

○公家《くげ》の血を引くって本当？

どんな危急存亡《ききゅうそんぼう》の時でも自分のペースを保持する、おっとりした性格でいくつになっても成熟しきれない幼稚さがある。その上、ちゃんとした勤めのできない体質で、社会生活に順応できない。夢想癖があって、自分の世界に没頭すると周《まわ》りのことはそっちのけで思いに耽《ふけ》る。このような性格から「公家の血」という風聞《ふうぶん》が立ったが、そのようなことはない。浅見のそのような性格は、母方の祖父に似ているとのことだ。

○よく泣いてしまうのは本当か？

引っ込み思案の上に、ナイーブで心優しい性格なので、世間から悪《あ》し様《ざま》に言われる者には、つい同情してしまう。

浅見は涙もろい男で、テレビを見ていてもよく泣く。それもかなしい場面ではなく、逆境の中で頑張っている人間や、その人間が挫折したり、あるいは目的をなし遂げたりして、ほうっと気抜けした顔を見せるようなときに泣けてくる。その人間の感情を思いやって泣けるのである。雪江は「男の子はみだりに涙を見せるものではありませんよ」と叱るが、そういう雪江も涙もろいのだ。浅見の性格は母譲りかもしれない。

浅見は大いに情緒的だが、そういう心の奥底を、人に見られるのを嫌うという、極めて屈折した性格をしている。だからわざと情緒的になっている相手に、無味乾燥な答をして「情緒がない」などといわれてしまう。

○常識にとらわれるのは嫌いか？

常識や固定観念に出会うと破壊したくなる。ことに「権威」や組織には楯突《たてつ》きたい性分だ。その兄が警察庁刑事局長という権威を持ち、組織のトップに位置するのだから、弟としては複雑なものがあるに違いない。

○赤面症は本当か？

「情を交《か》わした」などという警察用語を耳にすると、恥ずかしさで顔が赤くなる。

照れ屋なので、褒《ほ》められるとすぐ赤くなるし、女性にまともに見つめられても赤くなる。ある女性に「一目惚れ」などといわれ、今度会うときにはどんな顔をすればいいのかな――と自分で勝手に想像して赤くなっている。

高岡《たかおか》では、ヒロインの松川慧美《まつかわえみ》とドライブしながら、女性と男性を、鐘と撞木《しゅもく》に喩《たと》えて話しているうち、性的イメージを連想させることに気付いて顔を赤らめている。

女子大と聞いただけで赤くなり、「素敵」と言われて赤くなる。真面目な顔を五分と続けられない照れ屋なのだ。

○欠点や弱点はあるのか？

人間に悪意があるとは信じたくない、という甘いところがある。人の善意を無条件で信じてしまう。こちらに悪意さえなければ、他人からも悪意を受けることはない――と思いこんでいる。

生まれてこの方、一度も他人を陥《おとしい》れようと画策《かくさく》したことはない。そんなことは考えたことすらない。もちろん、結果として相手を裏切るようなことになったことはあるが、初めからそうしようと思ったことはない。

浅見は日常生活ではごく単純な思考パターンで行動しているのだ。

もう一つ浅見の弱さがある。浅見が取材したばかりに、迷惑を懸けてしまった海女《あま》を目指す女性から苦情の手紙をもらった時のこと。なんとかしようとは思いながら、かといって訪ねていけばまた迷惑を懸けるんじゃないかと気にする（志摩半島殺人事件）。こんなふうにさまざま思い煩《わずら》う弱さが、浅見の弱点である。「この弱さがなかったら、浅見は日本の犯罪史上に名を残すほどの名探偵になれるのだが」と軽井沢のセンセは言っている。しかし、その弱さこそが浅見の魅力であり、長所でもあるのだ。

○詐欺師で嘘吐《つ》きか？

浅見はときどき自分に詐欺師の才能がある気がして自己嫌悪に陥ることがある。でたらめを喋りながら、本当にしんみりしてほとんど涙ぐみそうになる、というから本格的な詐欺師かもしれない。あのケチな『旅と歴史』の藤田編集長を丸め込む手口といい、被害者宅へ行っては、友人のフリをして家族の心に入り込み話を聞きだしてしまう手口といい、見事としか言いようがない。

小町《こまち》まつりの取材に行って出くわした『鬼首殺人事件』でのことである。前もって情報を仕入れていたのに、そんなことはおくびにも出さず、小町娘の出身地を言い当てて、相手が驚くと「発声学の研究をやっているんですよ。とくに東京近郊の標準語地域におけるアクセントとイントネーションについては詳しいです」などと、真面目くさって口から出《で》任《まか》せが言えてしまう。

しかし、そんな浅見の嘘も友人の白井《しらい》には見破られてしまう。浅見が嘘をつくときは、目をパチパチさせる癖があるのを、白井は知っているからだ。

○案外処世術に長《た》けているか？

浅見は幼いときから賢兄の下でワリを食って育ってきただけに、人の気を逸《そ》らさないコツのようなものを子供の頃から体得してきた。どんな人間に対してでも、その気にさえなれば、相手の心の中にするりと入り込む術を心得ていて、それは時には自分でも薄気味が悪いほどだ。これは前項の「詐欺師」にも通じることで、浅見の場合は、その特技が長所として発揮される。事件のことを一面識もない人から聞き出す技術は、警察顔負けでもある。

○典型的なナルシスト？

札幌の地下鉄の鏡は、長身の浅見でさえ全身が映るほどの立派なもので、そこに映った自分の姿を見て、「まんざら捨てたもんでもない」と思う。自分の容姿には自信があるらしい。

鵯越《ひよどりご》えの取材で立ち寄った神戸では、小野田《おのだ》家の三人の女性に出会い、それぞれから様々なアプローチをされ、なんだか、くすぐったいような気分に誘われる。（似非《えせ》フェミニストの嫌なヤツ）と自分を罵《ののし》りながらも、鏡に映った自分を「なかなか端正でいい顔をしているじゃないか」などと思うところは典型的なナルシストか。まったく女性に自信がない、救いようがない自分を発見しながらも、（自分が青髭《あおひげ》のように女性を自由に操ることが出来たら――）と不埒《ふらち》なことを考えたりする。

女性を自由に操るどころか、積極的な態度に出られると、いつもたじたじと逃げ腰になってしまうのが常の浅見なのに。

○男はみんなロマンチストと思っている？

浅見は男のくせにトワイライト・タイムが苦手で、火灯《ひと》し頃はブルーな気持ちに陥る。旅先で民家の灯りに出会うと、郷愁を誘われ、我が家が恋しくなる。

照れ屋のくせに、ロマンチックな言葉をふと口にすることもある。女性が苦手だと言いながら、その気になれば案外女性を口説くのも得意なのかもしれない。

○その他の性格は？

浅見は一つの事柄で諦《あきら》めのつくような男ではない。不可能が可能になる可能性だとか、無意味なことに意味を見つける意味について、しつこく考える男だ。いつでもどこでも眠いときに眠れる特技があるので、多少のハードスケジュールでもなんとかなる。

母には厳しく躾《しつ》けられたので、社会生活上の一応のたしなみはあるが、いつまでたっても雪江には口答えできない、「マザコン」の名を馳《は》せている。

天性の明るさを備えた素直な性格で、浅見家での、みそっかすのような扱いにも耐えていけるし、その性格で人を惹きつけてしまう。天《あま》の邪鬼《じゃく》な所が玉にキズである。

浅見の少年時代のこだわり哲学

浅見は子供の頃から、妙に物にこだわる性格で、ものごとは最後まで見届けないと気が済まないところがあった。探偵としての才能の原点は、このあたりにあるのかもしれない。

○太陽を眺め続けていたのはなぜ？

小学生の頃、日食があって、学校側が理科の課外授業のように、全校生徒に観測をさせたことがある。日食は前後一時間ほどもかかった。次の授業が始まって、先生も生徒も全員が教室に引き揚げたあと、浅見ひとりが校庭に残り、いつまでも墨を塗ったガラス片を天にかざし、えんえんと太陽を眺め続けたものだった。むろん教師もそのことを知っていたが、「観察は最後までやり遂げることこそが大切なのです——」と理科の時間に力説した手前、中止させることも出来なかったらしい。浅見は、月が太陽を横切るという事実が、ひどく感動的に思えたらしい。そして、その時期を秒単位で予測するという、人間の知恵に感動したのかもしれない。

○偏執《へんしつ》的なところがある?

いずれにしても、何かが微妙に変化していく過程を見つめ続ける——という、気の短い者にはじつに退屈と思える作業が、浅見には苦にならない。海に夕日が沈んでいく風景なども、見飽きることはないらしい。アリの行列を夕暮れまで観察し続けたこともあった。

空に虹《にじ》がかかったときも、虹の根元を探しに見知らぬ街までどんどん歩いていったことがある。虹はすぐ目の前に、手を伸ばせば届きそうに見えて、浅見少年が歩くに連れて同じスピードで退《しりぞ》いてゆくように思えた。浅見が走ると虹も走った。諦めて立ち止まると、虹も立ち止まり、誘うようにこっちを見下ろしている。浅見少年は意地になって走り、やがてその行く手で虹は消えた。そこでやっと諦めて家路に向かったのである。

こういう、ちょっと偏執的なところが、自分の性格にあるのを浅見は自覚している。そしてその性格こそが、難事件解決への糸口を見つけだすことにも繋《つな》がるのである。

また、取るに足らぬ妙なところに興味を惹かれるのも、少年時代からの浅見の悪い癖で、チンドン屋や見知らぬ旅芸人のあとをついていって、迷子になりかけたことが何度もあった。

浅見の癖

○変な癖はあるのか?

①口をお茶ですすぐ癖。

取調室でほっかほか弁当を食べた後、やっている。しかも、悪い癖だと分かっているらしい。須美子が見たら「汚い!」と叱られそうだと思いながらやっているのだ。

②面白い事件に遭遇したときやる癖。

話が進むごとに、目が異様に輝き、頬のあたりが紅潮して、口もとに抑《おさ》えきれない好奇心を示す笑みが浮かんでくる。果ては、セカセカと体を揺すりながら興奮した口調になり「面白い」を連発する。そう言いながら前屈《かが》みになり、両手を、摩擦で発火しそうになるほど、擦《こす》りあわせる。

また、事件と聞けば血が騒ぐ体質で、まるでマタタビの臭いを嗅《か》ぎつける猫のように事件に吸い寄せられていく。そうやって事件に遭遇すると、飢えたライオンが旨そうな子羊を前にしたように、自分でもどうしようもない金縛り状態になってしまう。事件の表面のちょっとしたことから、つぎつぎに謎を感得し、際限なく推理の糸を紡《つむ》ぎ始めてしまう。そうなるともう、玩具《がんぐ》を手にした幼児とちっとも変わらず手に負えなくなる。

○夢想癖ぶりは？

どのぐらい夢想に没頭するかというと、料理が運ばれたのも気がつかないほど自分の世界に入ってしまう。つまり高所恐怖症を忘れるほど食いしん坊なのに、その食べ物のことさえも忘れてしまう、という徹底した夢想癖で、傍《はた》の者から「どうかなさいましたか」といわれるほど。そのたび浅見は「どうもしないのです。これは僕の癖――というより、一種の病気みたいなものでして」と言い訳をする。

人間の心の中にある宇宙は、他人と共有できるものとできないものがある。生まれたばかりの赤子の心は、おそらく無垢《むく》で垣根も壁もなく、誰とでも交流できる自由な宇宙だったに違いない。成長するに連れて人は心に垣根を巡らせ、自ら宇宙を狭くする。浅見の心の中には、赤子のようなのびやかで、自由な宇宙があるのかもしれない。

子供の頃、よく、ぼんやりと考え事に耽っては、教師の言葉を聞き逃した。一見ボーッとしているように見えるが、その時は、どこか外界の宇宙と交信しているのだ。表現を変えれば、心のどこかに開いた窓から、途方もなく遠い世界の風景に思考のほとんどを奪われていると言ってもいい。

それは豊かな空想力の飛翔である。だが大人たちは、子供の空想を認めたり許したりはしたくない。世の中をまっとうに生きて行くためには、空想は無用だし、時には危険でもあるからだ。こうしてたいていの人は大人になるにつれ、空想力のほとんどを喪失する。浅見のように、いつまでも空想癖を失わない者は、幼児性を引きずっている落ちこぼれ扱いされるものだ。

だが、空想は心の宇宙の広がりが豊かであるところから、他人の心を思いやる優しさに通じていくのだ。あのひとがいま、何を考え、何を欲しているかを悟り、何をしようとしたかを、推《お》し量《はか》ることができる。浅見の推理はそのような優しさから始まるのだろう。

○ポーカーフェイスか？

水上《すいじょう》流宗家の孫娘、秀美《ひでみ》が心の余裕を無くし、ただひたすら浅見に縋《すが》ったとき、優しく顔を見下ろし、微笑《ほほえ》む余裕を見せている。内心の不安や恐怖を押し隠すすべを、いつの

間に身につけたのかと、自分でも不思議に思う。（天河《てんかわ》伝説殺人事件）

○お喋《しゃべ》りで早口か？

言い訳するときは、一気に喋る癖がある。

博多《はかた》での出来事だが、ある調査団に混じって発掘作業中に死体を掘り当てたときも、迷惑そうな一団のなかでただ一人、もみ手をせんばかりに刑事に寄ってきて、刑事が聞きもしない事まで一気にまくし立てている。

○どんなコンプレックスがあるか？

ふだんは柔軟な物の考え方をするくせに、兄の七光りという点に関する限り妙なこだわりがある。浅見自身の評価はさておいて「警察庁刑事局長の弟であれば、いざとなれば後ろには警察がついている」という底意《そこい》見え見えの扱いをされると、カチンとくる。この妙なこだわりは、愛すべきコンプレックスの象徴とも言える。

ある依頼人が兄・陽一郎の権力を頼みにして、後ろで手を回し、藤田を通して仕事を依頼してきたときなど、暇《ひま》を持て余しているにもかかわらず、「一寸の虫にも、虫の居所が悪いこともあります」といって、原稿料をはずんだ結構ずくめの仕事を断っている（「紅《くれ》藍《ない》の女《ひと》」殺人事件）。

優秀な父を持ち、父の死後は浅見家の当主となった兄にすべて面倒を見てもらった弟にとって、浅見家の落ちこぼれという所に位置する自分を省《かえり》みれば、いやでもエリートに対抗意識はでてくる。初めて浅見が探偵として登場した『後鳥羽伝説殺人事件』では「エリートがなんです。最後に笑う者が勝利者となるのです。僕はあなたに賭けます」と野上《のがみ》部長刑事に言う。そう言われた野上は――警察庁幹部を兄に持つ浅見が、警察機構の官僚主義的機構を批判するのは、自分の兄に対する反感か、もしくはコンプレックスの裏返しなのではないか――と内心思っている。

また、ジャーナリズムの一端を担《にな》っているという自負を持つ一方で、新聞社の編集委員にはアカデミックなエリートというイメージを抱き、眩《まぶ》しい思いで見たりする。

浅見の自己分析

浅見は自分自身を、苦労知らずの臆病で泣き虫で幼稚である、と分析している。

竹人形の郷《さと》を訪れた時、新聞記者からドロップアウトして、自分の信念を通す生き方をしている私立探偵の平石《ひらいし》に出会い、自分の幼稚さを知る。危険になったら警察に保護を求めたらどうですか、という浅見に、「あんたには分からんだろうな」と前置きして平石は言う。「警察に頼んで解決するような仕事なら、最初から商売になんかなりっこない。警察抜きで片づけなけりゃいけない話だから、俺達の出る余地があるわけよ」。そう聞いて浅見は、苦労知らずな自分が恥ずかしくなったものだ。

また、「思慮の足りない人間ですから、思ったことをすぐ口に出してしまう」ということを何度も事件簿で口にしている。

そこで、しばらく浅見の「ぐち」とも言えるような自己分析をきいてみよう。

——警察官僚を兄に持ちながら、運転中に警官の姿を見ると、一瞬ドキッとする程、根が臆病。物事に対する興味が、人一倍強いが、ドロドロした人間関係を考えたくない臆病者。我が身の甲斐性なしを反省する日々で、自分が死ぬ寸前に出来ることは泣きわめくか悲鳴を上げる位がいいところ。自分でも頼りないと思うから、僕のことは信用しないにこしたことはない。

母からは厳しく躾《しつ》けられたので、一応きちんとした人間だが、時には母が聞いたら目を三角にするような「勝手にしやがれ」などという、汚い言葉も吐くことがある。

母からはよほど暇人に見られているらしい。怒られるのには馴れているが、いつも肝心《かんじん》な所でヘマをする、どうも僕は損な性格に出来ている。マザコンでブラコンで、お人好しで、優柔不断でぐうたらで、世間からはみ出した変人である。不思議大好きなルポライターで、人を見る目は鋭いつもりだが、女性を見る目は自信がない。旅先では、細い路地などを歩くのが好きだ——。

こんなに欠点ばかり並べたら、二度と立ち上がれないのではないだろうか。それともこれは浅見独特のジョークなのだろうか。そんなぼやきの浅見にヒロイン達は優しい言葉を掛けてくれる。「浅見さんは優しくてロマンチスト。それでいて勇気があるんですよね。おまけに、先の先まで見通す才能があって、ほんとに尊敬してしまいます」

自分を、臆病者という浅見に、讃辞を贈る人もいる。

「それは臆病ではなく細心と呼ぶべきでしょう。近頃珍しい、肝《きも》の据《す》わった人物に会いました。お兄上にも勝るとも劣らない資質をお持ちのようだ」

浅見の思想

○自然に対する畏敬《いけい》はあるのか？

「天地は悠久ですねえ」とは浅見がしみじみ言った言葉だ。「たまには自然に向かい合わないとそのことを忘れてしまう。でっかいビルを建てて、人間が一番偉いような気になったりしちゃう。ほんの一瞬の命のくせに、ね（浅見光彦殺人事件）」

○交通事故に対しての考えとは？

「交通事故の責任を、なんでもかんでもドライバーに押しつけるのは間違っている。かりに、一方的に『被害者』のほうの過失だと分かっても、『加害者』である運転者には何の慰謝料も与えられない。時間的ロス、精神的打撃だって馬鹿にならない。相手が死亡した場合など、一生、その記憶がつきまとう。あたら人生を棒に振ってしまいかねないのに、その傷跡を修復してくれる保証は何もないのは不公平だ」とまくしたてる浅見に、珍しく雪江が「まあまあ」といって宥《なだ》めている（讃岐路殺人事件）。

○偶然に対しての考えとは？

後鳥羽上皇の怨念のような事件に出会ったときに、浅見が佐治貴恵に語った「偶然」に対する評論は次のようなものであった。

「市民が何かの事件に巻き込まれる場合、ことの始まりは、大抵その人の意思による行動が発端となる。たとえば町を歩いていて、通り魔に遭遇するというのも、歩いている状態までは、本人の意思そのものである。偶然というのは、そういうふうに唐突に訪れて、いつのまにか、それ自体が意思だったような錯覚の中に取り込まれてしまう。だから、本人はそれがかつて偶然であったことすら、気づかない。自分が主体性をもって選択した筋道だと信じて、疑わない。しかし、考えてみると、人生なんて、ほとんどが偶然の積み重ねみたいなものといっていい。それなのに、あたかも自分の意志で生きているように思うのは、神に対する冒瀆《ぼうとく》だ。

運命論的に言うと、偶然というのは神が仕組んだドラマの筋書きだと思う。しかし人間の手で書かれた筋書きは、たとえ選択の自由があるように見えても、もはや偶然とは言えない。一つの方向性を持った動く演技者、あるいは操り人形であるともいえる。ところがそういう恣意《しい》的な筋書きの中にも、無数に偶然の発する余地があるというのが、人生の面白いところであり、それこそが、まったくの偶然である。言い換えれば、全智全能《ぜんちぜんのう》の神が仕組んだ運命劇の筋書きかもしれない」(隠岐伝説殺人事件)

○女らしさの定義とは？

女性記者・片岡明子から「父はふたこと目には女は女らしくしろって言うんですよね。女らしいって、いったいどういうことなのかしら？　浅見さんに教えていただきたいわ」といわれ、自信なさそうではあるが毅然《きぜん》と答えている。

「女らしいっていうことですか……そうですねえ、僕だったら、希望を持つことと、他人に希望を抱かせることが女らしさだと思いますけどね（竹人形《たけにんぎょう》殺人事件）」

○宗教についてどう思っているのか？

浅見は常日頃、自分を「無宗教の罰《ばち》当たり」と表現し、無神論を標榜《ひょうぼう》している。地鎮《じちん》祭《さい》などのさまざまな宗教的しきたりには、おおむね懐疑的だ。宗教者が信心深い善良な人々の、いわば無知とも思えるような純粋な宗教心につけ込んで、不当に財物を巻き上げるやり口には、不快感を禁じ得ない。

宗教そのものを否定する気は毛頭ないが、似非《えせ》宗教的営《いとな》みに対しては、強く許せない想いがこみ上げてくる。ことに、宗教に名を借りた金儲け業に対しては、それがたとえ正規の資格を持つ宗教であっても、いやそれだからこそ腹が立ってならない。信仰という錦《にしき》の御旗《みはた》を掲げて商売する魂胆《こんたん》が嫌いである。

たとえば水子地蔵信仰などというのは、心底腹が立ってならない。誰だって、自分が抹殺してしまった「いのち」のことは、辛《つら》い記憶である。彼等、または彼女たちが素朴な気持ちで過去を悔《く》い、悲しむのはよく分かる。

しかし、そのことを現在の彼女の不幸の原因であるとか、水子の祟《たた》りがあるとか、さらに遡《さかのぼ》って先祖の供養をしないと霊魂が浮かばれず、ひいては家に不幸をもたらすなどと思いこませるのは、本来、人間の苦悩を救済するはずの宗教のあるべき姿とは正反対ではないか。

そういう人間の弱点を、なかば恫喝《どうかつ》するような宗教のあり方は、精神的暴力による強奪行為に等しいと浅見は信じている。

そのほか、お布施の金額によって戒名《かいみよう》に差をつけたり、本来、衆生《しゆじよう》の共有物であるべき仏閣などを観光事業の収入源にして、しかも税金を払うの払わないのと、行政当局と係争する堕落坊主どもをみると、つくづく、これが末世というものだなあ——と思わざるを得ない。

このように浅見はまさに無宗教、無信心な男である。

○軍隊や軍人についてどう思っているのか？

好きか嫌いかと訊《き》かれれば「どちらかといえば」という前置き付きで「嫌い」と答えるに違いない。といっても思想信条だとか政治的意味合いで嫌っているわけではない。もともと軍隊や軍人に全く興味ないのだ。友人はもちろん、その方面の人間とも付き合いがない。

浅見だって、雪江に付き合って靖国《やすくに》神社に参拝し、神殿に額《ぬか》ずけば形ばかりとはいえ頭を下げる。それは信仰のためや神仏のためでなく、信じている人に対する礼儀として、あるいは作法としてそうするのだ。参拝している人の脇でそっぽを向いたり、「軍国主義反対」と叫ぶのは、単に非礼というものだ――と考える。

○ポリシーがない？

浅見はもともとノンポリで、そうであることが彼のパーソナリティを形成するポリシーみたいなものである。右翼にしろ左翼にしろ、どちらかのお先棒を担《かつ》ぐようなことはしたくない主義だ。浅見の思想は何色にも染まっていないということで、あえていうなら、浅見色なのである。だからこそ、客観的なモノの見方が出来るし、どちらにも与《くみ》することなく行動できるし、敢えて行動しないということもできるのだ。

その上イデオロギーにも汚染されない一匹狼で、組織が大嫌い、というよりは組織に同化できない体質なのだ。

そんな浅見が「警察も軍隊も嫌いだ。そういう組織におもねる人間も嫌いだ」と言われ、「連中の走狗《そうく》と成り下がるなら袂《たもと》を分かつ」とまで言われたことがある。もともと他人との露骨なやりとりを大の苦手とする浅見は、背筋にうそ寒いものを感じながら「僕は警察におもねる気持ちはまったくありません」と言うが、友情以上の親しみを感じていた人物からこのように言われ、悲しみで声が震える（隠岐伝説殺人事件）。

浅見自身は一匹狼であっても、警察庁のエリートを兄に持つ自分が、警察べったり人間と思われる要素をそなえていることも確かであることを思い、憮然とするのであった。

○エリートに対しての考えとは？

「栄誉ある賞を勝ち取ったひとりの人の陰には、何十万人の挫折があります。賞を受けた人は、もはや気儘《きまま》は許されないのです。そのことを認識していただきたい。

僕みたいな落ちこぼれは、雑草の如く生きて行くかもしれないけれど、エリートはエリートとしての責務があるはずです。つらいから、苦しいからといって、勝手にリタイヤするのは、エリートに金をかけ、期待をかけている無数の人々に対して失礼です」

これは身内に事件関係者が出て弱気になっている、新進のピアニストである三郷夕鶴に対して言った浅見の言葉だが、裏にはエリートとして敢然と立つ、兄の姿があったに違いない。そして、言いながら浅見は、兄にも、自分には窺《うかが》い知れない苦悩があることを思うのである。（「紅藍の女」殺人事件）

浅見の生き方

○自分の人生に満足？

浅見は、今の生き方は自分に似合いの人生だと満足している。家でも世間でも異端であるが、兄のようにはなれないし、なりたくもないと思っている。

人生なんてチャランポランにやっていても結構上手くいくもんだとは思うが、取材先でペコペコ、出版社でペコペコ、家に帰ってもペコペコする自分を見ると、今すぐにでも家を出て青天白日《せいてんはくじつ》、自由の身になりたいという欲求に陥ることもある。

何度か職は変わったが、ふつうの人のように挫折もなく何もしないまま生きている自分がときには恥ずかしくもある。

○人生哲学はあるのか？

「幸運と悲運とは背中合わせにやってくるものだ」というのが浅見の人生哲学になっている。どんな素晴らしい幸運に恵まれても、その後ろにドンデン返しの不幸せが隠れていることを想定してしまう。浅見がこれまでに無条件の幸運に見舞われたことがないという証《あかし》でもある。

そういう性格は父親譲りであるらしいが、雪江に言わせると「お父様は先見の明がある方だったが、あなたのような若い人がそんなふうに用心深いのは、ただジジむさいだけ」と嘆かわしい目で見られる。どうやら浅見は、今時の若者にはない、前近代的な人間の素質を備えているようだ。

○いつも心がけていることは？

後になって考えると、「なぜあんな馬鹿なことをしてしまったのだろう」と悔やむ経験はだれでも一度はあるものだ。浅見はそういう後悔が多すぎるきらいがある。

自分では充分、思慮深い行動を常に心がけているつもりだが、何かの弾《はず》みで、いかなる天魔に魅入られたか——というような軽率をやってのけるのはしばしばである。しでかしてしまってから、（しまった！）と我が身の軽率さに呆れ返り、深く反省するのだが、すべては後のまつりである。

○女性に対しての願望とは？

女性と結ばれないのは、ひとえに浅見が女性に対して臆病な面があるからだ。われながら不甲斐ないと思いながら、時には狂おしい情熱の赴《おもむ》くまま、愛する女性に思いのたけを打ち明け、迫ってみたい気になることもある。

しかし、結局そうはならない。行動に移せないのだ。愛する女性に躊躇《ちゅうちょ》なく接近し、モノにするなどというのは、浅見にとっては驚異の世界という他はない。

○独身主義か？

三十三歳であることを、「いき遅れのオジン」と、軽井沢のセンセにはよく言われているる浅見だが、別に独身主義ではないし、過去に何度も「この女性なら」と思った人もいるが、どういうわけか、結婚までは事が運ばない。それどころか一線を越えることもなく、いとも爽《さわ》やかな別れを繰り返しているのだ。

性的に欠陥があるわけではないし、奥床《おくゆか》しく育てられたせいかどうかも疑問だが、無闇に女性に手を出さない性格なのだ。

高村光太郎《たかむらこうたろう》のようにひたむきに愛せばいいかというと、そういう愛され方を怖がる女性もいるらしいので、なかなか「ひたむきに愛する」ということもできないらしい。

野沢光子とドライブ中に「どうも女性は永遠の謎だ」というと「じゃあ、永遠に結婚しないつもり？」と詰め寄られ、「そうもいかないだろうけどさ。どっちでもいいって気はあるな……」とあやふやなことを言っている（「首の女」殺人事件）。

横浜テレビのプロデューサーである藤本紅子《ふじもとべにこ》から「浅見さんて、若いくせに超然としたところがあって、結婚、似合わない感じ」などと言われると「未来永劫、結婚できないのかもしれない」と弱気になっている。

「結婚をしないことや、子供を作らないことは、絶対、勲章なんかじゃない。なんとなく税金を納めないで人生しちゃっている感じがして、肩身が狭い」とも述懐する。

また婚期の遅れている女性には、「僕も独身ですが、行き遅れているとか、そういうことではなくて、一つの生き方だと思っています。世間体とか体裁とか、そんなことを無視してしまえば、独りの方がずっと気楽だし、これはある種の贅沢《ぜいたく》だと思っているのですよ」と言っているが、一方に家庭を持つほどの甲斐性がないという説もある。金食い虫のソアラ嬢を可愛がって、事件ばかり追いかけている男では、落ち着いて家庭など営める筈《はず》もない、と疑問の声もある。

○金銭感覚はあるのか？

父や兄の大きな存在に守られて経済的苦労もなく育ったせいか、あるいはお金とは全く無縁な所で気儘な生き方をしているせいか、経済的知識はまるでなくてチンプンカンプンである。億の単位の金額となると想像もつかない。

いつもソアラのローンに追われてピーピーしているくせに、「趣味でお金をもらうのは邪道である」などとカッコつけている。その反面、どこへ行っても食い物の値段と味を気にしている次元の低さが情けないとは自分でも思うようだ。

取材先で頼りになるのはカードのみであるが、銀行の残高はもはやマイナスになっている。そのわりには、捜査で必要となると、ポンと五十万円を立て替えたりする。

今年こそは家を出ようと正月に決意しても、一年が終わろうという年の瀬になっても果たせないままでいる。マンションの家賃を聞いて、当分居候を覚悟したものである。

○人付き合いは良いか？

浅見は犯罪者にまで優しい眼差しを向ける男である。してみれば、友人知人に対してはなおさらである。

雛《ひな》人形の事件を追って、行方不明となった若い松山《まつやま》刑事の捜査に鳥取まで行った時は、松山の危機をゼニ勘定で計る気はないと、空港から用瀬《もちがせ》までタクシーを飛ばした。

また、自分と主義主張が違っているからと言って、その人個人の主義主張に忠実であろうと必死になる人達を、頭から否定してしまうなど出来ない性格だ。人の心情を慮《おもんぱか》ることが先に立って、強引なことのできないという優しい男だ。

ただ、「人付き合いは良くない」と自分でも言うとおり、心底からの友人は少ない。

浅見の神秘的な体験

浅見は迷信は信じないが、直感とか霊感とかいった、神秘的な精神活動は信じる男だ。浅見自身、ある種の鋭い感覚が働くことがあり、予知能力や霊感体質が自分に備わっているのではないかとひそかに信じていた。

人はだれでもその人固有の特別な感覚があって、他人が気付かないことにこだわりを感じたり、他の人と違って衝撃が大きかったりするものだ。恐がり、恥ずかしがり、潔癖、内気、泣き虫、陽気などの気質や性格が、人一倍だった場合に世間はその人を、異端者めいた目で見るが、そういう人は豊かで、敏感な感性の持ち主なのだ。それなのにエイリアンでも見るような目で見られて、人に敬遠される。そして、次第にそのせっかくの才能を自らも忌《い》み嫌い、包み隠すようになり、いつしか特殊能力を失ってしまうことが多い。浅見光彦は、それを持ち続けて三十三歳まで生きてきた男なのだ。

○正夢がきっかけ？

浅見は小学校の時行った林間学校で正夢を見る（小学校時代の項参照）。この「正夢」という体験がきっかけで「論理や科学では説明の出来ないことが、この世の中にはあるんだ」という考えを、浅見が持つようになったのである。

それ以来浅見は様々な不思議な現象を体験している。「人魂《ひとだま》」を見たのもその一つだが、最も恐ろしかったのは、浅見が二十五歳の春に出会った出来事である。

一人で東京の郊外をドライブしていた時のことである。時間は八時頃、公団住宅の脇を走る、片側一車線の何の変哲もない道路だった。人家はあまり密集していないし、商店もちらほらある新開地で、人影もほとんどなかった。

浅見は五十キロほどで車を走らせていた。道路の前方二百メートルぐらい左側に、向こう向きに歩いていく黒い人影があった。シルエットだが男であることはわかった。

その瞬間、浅見はその人物が自分の車に飛び込み自殺を図るような気がした。

そう感じたと同時に、ややスピードを緩《ゆる》め、いつでも停止出来る態勢で進行した。男はチラッとこっちを振り向いたが、そのまま歩き続け、あと二十メートルというとき、突然、向きを変え、道路にダイビングのように飛び込んできた。

前もって心の準備をしていたので、道路に横たわる男の数メートル手前で急停車して、すんでのこと、死亡事故の加害者にならずにすんだのである。車の前に倒れ込んだ男はやがて無言で立ち上がって、去っていった。

再び走り始めてから浅見が、本当にゾーッとしたのは、事故のことや男のことではなく、自分が感じた直前の予感のことであった。

運転する者は多少なりとも、様々な「予測」をしながら運転するものであるが、その時の浅見の感じたものは「予測」などという生易《なまやさ》しいモノではなかった。明らかに男が飛び込むと思い、ほとんど幻覚のように、その状況を頭の中のスクリーンで予見したのだ。そして、その通りのことが起こったのである。

このような経験があるので浅見は、超自然現象のすべてを否定はしない。人間やこの世の中には、科学だけでは割り切ることのできない何かの心的、または霊的な能力が潜在していて、ときに、本人すら理解できないような「大仕事」をやってのけるものであるらしい、と漠然と考えることがある。

○不吉な予感を感じた時とは？

捜査中よく、何かの瞬間に、得体の知れぬ不吉な予感のようなものが、浅見の胸の辺りを吹き抜けることがある。それを浅見はある種の予知能力と呼んでいる。浅見はどのような折りに不吉な予感に襲われるか検証したい。

①ある男女の不穏な会話を聞いたとき。予感につられて男女と同じ方向へ向かい、結局は事件に遭遇してしまった。（鏡の女）

②兄に「折り入って頼みがある」といわれたとき。「早く家を出てくれ」と言われるのかと、悪い予感がしたが、この時はどうやら浅見の予感も当たらなかったようだ。（長崎殺人事件）

③城崎《きのさき》の宿に泊まった際に、出掛けようとして、ふいに漠然とした不安に襲われる。玄関で靴を履こうとした時に、はっきりと胸につかえるような「イヤーな気持ち」を感じた。逡巡《しゅんじゅん》したものの、結局浅見は出掛けていったが、その予感は的中したのである。

④菊池《きくち》氏の事件を捜査中、「厄介《やっかい》払い」という言葉に、疑惑と言うほどハッキリした形でなく、なにやら不吉な予感を感じて、胸の中にモヤモヤしたものが漂い始める。心理のズーッと深いところで見え隠れするいらだたしさで、全身に湿疹のできたような、いたたま

れぬ思いに駆られる。

⑤浅見を取り巻く話題が、雛《ひな》にまつわるモノばかりになったとき。

⑥雛人形の謎を追う松山刑事が無鉄砲をしないかと思ったとき。

⑦円光寺《えんこうじ》と淡島《あわしま》神社が隣り合っているのを見たとき。なんとなく胸騒ぎを感じ、何か意味がありそうな予感に駆られる。

⑧一件落着したはずなのに、トゲの刺さったような不安感が絶えずつきまとっていたとき（「須磨明石《すまあかし》」殺人事件）、など。

○不気味な気配を感じた時とは？

時には予知能力にも似た感受性を発揮することがある反面、得体の知れない不安に脅《おびや》かされたりもする。それが、常人にはない浅見の特殊な感性でもある。では、浅見を脅かしたシチュエーションとは、どんなものか？　いくつかあげてみよう。

①黒揚羽蝶《くろあげはちょう》は「死者の霊魂、あるいは霊界からの使い」という言い伝えを思い出し、不気味なモノの気配を感じる。（小樽殺人事件）

②「海上自衛隊幹部候補生学校」の門に立ち、塀の中の白いコンクリート壁の建物や、その向こうの松林の隙間からレンガ色の建物が見えたとき、浅見は、戦慄にも似た何かを感

じた。
③「まさか短剣で自殺したんじゃ……」と言って浅見は自分の言葉にドキッとした。何か得体の知れない、大変な怪物に出くわしたようなショックを感じた。（江田島《えたじま》殺人事件）
④殺された女性の怨念が呼びかけているんじゃないかと思い、胸の奥にズキリとしたものを感じた。（歌枕殺人事件）
⑤取材で吉野《よしの》に来てからは、思いがけない事件の連続で、「これはもう何かの因縁か前世の悪縁としか思えない、吉野や天川《てんかわ》という土地には、そういう超常現象が似つかわしい」と浅見は得体の知れない因縁を感じている。
⑥宇治《うじ》と網代《あじろ》が結びついたような事件を追っていたら、百人一首の「朝ぼらけ……」の歌の中に、宇治と網代の文字があるのに気付いて、何か得体の知れないものの力を感じる。（「紫《むらさき》の女《ひと》」殺人事件）
⑦執拗《しつよう》に「黒い服の男」にこだわり続け、その幻影を白昼夢のように思い描きながら、浅見は本能の部分で得体の知れない不安に駆られる。（若狭《わかさ》殺人事件）
⑧会話の途中から心臓が苦しくなった。なんだか、得体の知れない怪物が、見渡す限りの天空に大きな翼を広げて、浅見を翻弄《ほんろう》しているような気分になった。（黄金《おうごん》の石橋）

○疑似《ぎじ》体験とはどんなもの？

浅見は他人の視点に意識を入り込ませる、という能力がある。例えば、田舎《いなか》の駅で線路脇の農家の庭先にニワトリが遊んでいるのを列車の窓から見ていたとする。その次の瞬間、浅見は農家の土間に立つ老人の視点で、庭先の風景を見ているのである。こちらからは死角になっている垣根の下に咲くタンポポの花が、鮮やかに見えたりする。

だから、公園に全裸死体を埋めたときの犯人の視点にだって、立つ事ができるのだ。黒々とした夜のしじまの底で、ひときわ暗い公園の、更に深い闇の底に死体を落とし込んだ時の、おぞましい犯人の心の動きまでも、疑似体験できてしまうのである（博多《はかた》殺人事件）。

この不思議な能力を信じてくれるのは、軽井沢の軽薄作家と陽一郎ぐらいで、他の人に話したら、アブナイ人間と思われかねない。

高松の栗林《りつりん》公園に立ったときなど、被害者の行動経路、思考経路が錯綜《さくそう》して浮かんだ。こういうときの浅見はひどく特徴的かつオカルト的で、目を閉じるまでもなく、その人の置かれた状況を、あたかも自分の周囲の空間であるかのように置き換えてしまうのだ（鐘）。

○勘は予知能力なのか？

人間が後天的に開発される精神活動が思考だとすると、先天的に持って生まれたモノが勘であると考えていいだろう。頭のいい人間はとかく、自分の知識に頼って、動物的勘を磨《みが》くことを怠《おこた》ってしまう。浅見のような勉強嫌いな人間は、勘に頼って生きていかなければならないわけで、その分、人より勘が働くことになる。そうやって何年も生きてくると、自分でも説明の出来ない直感が働く時があって、そういう直感は「勘」という平凡な言葉で片付けられるようなものではなくて、「予知能力」ではないかと浅見は思っている。とはいえ、そういう特殊な能力は、披瀝《ひれき》するモノではなく、自分ひとりの体験として隠しておくべき性質のものだとも思うのだ。

勘とは、言い換えれば仮定と可能性の組み合わせから生まれた着想である。何の目的意識もないところからは、勘は生まれない。

○臨死体験を信じないのはなぜか？

これほど不思議体験を持ちながら、浅見は臨死体験や幽体離脱を信じないという。彼自身が体験しないからなのだろうか。しかし、表面は否定しながらも、本心は非科学的なもののすべてを否定できるほどの自信はない。ある事件で臨死体験をした、と言い張る女性に、そのからくりを解き明かしてやったことから、ますます、信じなくなってしまったようだ（「紫の女」殺人事件）。

その三――幼少年時代から現在までの軌跡

幼少年時代

それでは、浅見はどのように育ってきたのだろうか、検証してみよう。

○浅見家での扱いは？

浅見家の男子といえば、長男の陽一郎を指すほどに、光彦は男子の数にも入らないと見なされて育ってきた。陽一郎は幼年期から神童と噂され、そのまま成長し二十歳を過ぎてもタダの人にはならなかった天才である。浅見家に関係する人々はみな、陽一郎を浅見家のホープと認識し、太陽を見るように仰ぎ見たのだ。そのような兄の誕生から十四年後に生まれた弟など、ものの数に入らなくて当然のごとく、赤ん坊の頃から手酷《ひど》い差別待遇を受けて、「鷹がトンビを生んだ」とまで言われたものだ。

浅見はその頃の気持ちを「出来のいい兄が親に可愛がられるのは子供心に随分憎らしかったものです」と述懐している。もっとも、長じてからは、扱いの違いについては「偏愛などという愚かしいものではなく、親子というより、高度に優れた者同士が互いに信頼しあった姿」としてそれを認め、自分などその信頼関係に入り込む余地など無いのだと思うようになった。つまり光彦は生まれながらにして、浅見家のみそっかすだったのである。賢兄愚弟《けんけいぐてい》の考え方は、ばあややお手伝いにも徹底されていた。浅見家で失敗が許されるのは「光彦坊っちゃま」だけで、陽一郎は絶対に失敗しないし、してはならないキャラクターとして位置づけられた。かりに兄が失敗するような事態が起こっても、それはなんらかの理由で光彦坊っちゃまのせいであるとして処理されたのである。だから浅見は叱られ上手である。怖い母・雪江にお目玉をくらう時には、いかにも殊勝気《しゅしょうげ》に「反省の態度」を演じてみせる。

浅見家では父も母も躾《しつけ》については悪魔のように厳格だった。とくに「恥」ということをやかましく言われた。「不正から目を背けるな」「正しいと信じることは必ず行え」といった言葉と並んで、「恥を知る」ことは、最大の命題であった。覗き見などは、後ろめたい行為の最たるものであり、何の理由も動機もなく、そういう行為におよぶような育て方はされていない。また「物を大事にしろ」という躾も受けている。

○ばあやってどんな人？

光彦は生まれ落ちて、間もなくから、ばあやの手で育てられた。ばあやの出身は新潟県高田《たかだ》の在である。ばあやは、陽一郎坊っちゃまばかりがなんで——という反発を、もろに浅見への愛情としてそそぎ込み、溺愛《できあい》した。

浅見家の内外の人達がおしなべて兄のことばかり珍重する中で、一人ばあやだけは「陽一郎坊っちゃまもご立派ですけど、光彦坊っちゃまだって負けはしません。大きくなればきっと偉い人におなりです」と太鼓判を押し続けた。だから、ばあやが死んだとき、浅見はしばらくの間、父・秀一《しゅういち》が死んだとき以上のショックに沈み込んでいた。

まだ東京にも砂浜があった頃、ばあやに連れられて潮干狩りに行ったことがある。「でんでん太鼓に、しょうの笛」という子守歌を歌ってもらった記憶もある。兄の子供たちも同じ子守歌で育った。「越中《えっちゅう》富山の薬屋さん」の歌もばあやから教わったものである。父の話もばあやからたくさん聞いた。

「坊っちゃま」という呼び方は、このばあやから始まった。最初は「陽一郎坊っちゃま」と「光彦坊っちゃま」と分かれて呼ばれていたが、兄が東大を首席で卒業する頃には、「坊っちゃま」といえば次男坊のことを指すようになった。父親が五十二歳で急逝したときには、陽一郎はすでにエリート官僚として浅見家を支える存在となり、「旦那様」と呼ばれるようになっている。

ばあやの息子夫妻が親孝行したいから、といってばあやを引き取りに来たとき、郷里の越後に引っ込むのと入れ替わりに、親戚の須美子が跡を継いだ。その申し送り事項に、次男坊っちゃまの「偉さ」とともに「坊っちゃま」の呼称も含まれていたらしい。ばあやが代を譲るとき、まだ大学生だった光彦は、ばあやさんの目から見れば、れっきとした「坊っちゃま」に映っていたに違いない。

○おやつはホットケーキ？

ばあやがいたとはいえ、母と接触がなく育ったかと言えば、そうでもない。幼時に母親が子守歌替わりに「はないちもんめ」を歌ってくれたのを覚えているし、おやつにはよくホットケーキを作ってもらった記憶もある。ホットケーキによく合うミルクティーが添えられていた。

また、幼時に母に手を引かれて、靖国神社の例大祭には欠かさず行った。

母が寝かしつける時は、寝物語の続きをせがんで、いつまでも眠りに落ちない次男坊であった。そんな時は決まって「これでおしまい」と雪江は宣言したものである。

小学校時代

浅見は、東京都北区立滝野川《たきのがわ》小学校に通っていた。

○どんな小学生だったのか？

外見は、坊っちゃん刈りの半ズボン姿で可愛い少年で、よくぼんやりと考え事に耽《ふけ》っては、教師の声を聞き逃したりすることがあった。浅見の学業成績が必ずしも芳《かんば》しくなかったのはそのせいでもある。

学校で「将来の目標は」と訊かれると、「画家」と言ったり、またあるときは「作家」、「音楽家」と口から出任《でまか》せのように答えて、「占い師」と言ったこともある。さすがに教師も呆れて、「また浅見の妄想が始まった」と相手にしてくれなかったらしい。

また、浅見が初めて宮沢賢治《みやざわけんじ》を知ったのは、国語の教科書に載っていた『雨ニモマケズ』の詩であった。

○記憶をなくしたことはあるのか？

一年生の夏は初めての夏休みで、軽井沢で昆虫採集をすると張り切っていた。母と二人の妹と軽井沢駅を降り、タクシーで南原の別荘に行って、ばあやさんの指揮のもと、大掃除をした。

その夏、そこで事故に遭い、三十三歳になるまで、その事故当時の記憶が封印されたままになっていた。事故の後、軽井沢病院で目覚め真っ黒な谷底の淵に立つような不安感でいっぱいの光彦を、慰めてあまりある優しさで、雪江は見守った。母ばかりでなく兄も、家族みんなが、浅見を優しく見守ってくれた夏であった。

別荘管理人の子で一つ上の竹田峰男《たけだみねお》クンと仲良しで、クワガタ捕りに出掛けたこともあり、怪しげな別荘を「離山《はなれやま》の忍者別荘」などと名付けたりもした。（記憶の中の殺人）

○林間学校で見た不思議な夢とは？

林間学校へ行った時、雑魚《ざこね》寝状態で過ごした二日目に夢を見た。布団の下に何か突起物があるのを背中に感じて「あ、ビー玉だ」と思い、布団をめくるとビー玉があった。そのビー玉で遊ぶ所で目が覚めた。そしてそれは現実の事だったのである。目覚めて布団をめくると、そこに実際にビー玉が光っていた。——不思議を信じるきっかけの出来事である。（佐渡伝説殺人事件）

○淡い初恋はいつ？

五年生のときに、同級生の浅野夏子《あさのなつこ》との淡い初恋を経験している。

浅見が学級委員で夏子が書記を務めていたころ、浅見と浅野が似た苗字《みょうじ》なので、ともだちに「夫婦みたい」と冷やかされた。それをきっかけにお互いが意識してしまったらしい。美少女の夏子に対して、浅見少年は可愛らしいだけが取り柄の、ごくおとなしい目立たない子であった。

二人の間だけで通じ合う暗号遊びのルールを作って遊んだこともある。五十音とアルファベットに1から0の数字を加えたもので、小学生にしては上手くできている暗号である。

自分がメジロの番《つがい》をもらったのを、自ら竹を削《けず》って鳥かごを作り、夏子にあげたことがある。夏子は喜んで、小鳥の飼い方という本まで買って、熱心に世話をしていたらしいが、一週間ほどで死んでしまったようだ。

浅見が話しかけても、避けているみたいで冷たくなったと感じていたある日の夕方、浅見家の門の所で夏子が泣きながら立っていた。「死んじゃったの。ごめんなさい」とか細い声で言って、走り去ってしまった。浅見は「変なヤツ」と口では言いながらも、この数日間、夏子が、どれほど悩み続けていたかを思いやったのである。

六年生になると編成替えで別々のクラスになってしまうし、卒業後、夏子は私立の名門女学院に行ったので、会うこともなくなってしまった。その夏子と仲良しだった里村弘美《さとむらひろみ》とは中学まで一緒だった。弘美とは、十年程前に一度同窓会で会っているし、夏子の墓の前でも会っている。その時の弘美は白いワンピースにパラソルという恰好であったのを覚えている。（鏡の女）

○夏休みの妙な宿題とは？

小学校四、五年生の頃、夏休みの宿題が虫の採集で、「虫なら何でもいい」というものであった。浅見少年は、家の中の虫を採集することにした。

ハエ、ゴキブリ、ワラジムシ、クモ、ハサミムシ、ゲジゲジ、乾燥したミミズなど、家の中の虫を集めた。蚊などは、虫ピンで刺すとほとんど見えなくなってしまった。それをケーキの箱にきちんと並べ、セロハンを被《かぶ》せて提出した。本人は「なかなかの出来映え」といっているが、担任は女性教師であったためか、中身を見たとたん、いきなりキャッと言って放り出してしまったという。

○書き初めで書いた文字は何？

書き初めで書いた文字は「美しい日本」というものであった。日本の自然や風土を愛し、そこに暮らす人々を愛する萌芽《ほうが》はこのころからのものか。その当時の書き初めを、浅見光彦倶楽部事務局で一時預かっていて、時に応じてクラブハウスで展示している。

○グサッときた一言とは？

父・秀一が亡くなる二年前、浅見が十一歳のころのことである。

大蔵省の局長をしていた父の元には驚くほど盆暮れの付け届けが届いた。浅見はそんな我が家の有様を自慢げにクラスで吹聴《ふいちよう》した。その時、下田《しもだ》というクラスメートが浅見をトイレに呼び出して、「あまり自慢しないほうがいいぞ。そういうの、汚職っていうんじゃないのか」と言った。

下田は陰気でクラス内でもっとも人気がなく、かといってイジメにもあわないおかしな子だった。やたら大人の読むような本を読んでいて、国語の時間など、教師を小馬鹿にしたような質問を投げかけたりした。浅見はそんな下田とは気の合う所があって、ときどき本を借りたりする仲だった。その下田の言った「汚職」という一言は浅見の心臓にグサリと突き刺さった。

新聞やテレビのニュースでそういう言葉は知っていたが、自分の父親にそういう言葉が当てはめられようとは、思いもつかなかったのである。夕食の席でその言葉を持ち出すと、母の叱責《しつせき》にあったが、父は苦笑しながら「光彦もそういう話題を持ち出すようになったか」といって優しく説明してくれた。そして「きみたちの正義感がいつまでも変わらないことを、日本の将来のために信じていたいものだ」と言った言葉と、父の温厚な顔を、浅見はハッキリと憶えている。（透明《とうめい》な遺書）

○いつも見ていたテレビ番組はあるのか？

小学生の頃、『ノンちゃん雲に乗る』という映画をテレビで見た。

毎週欠かさず見ていたのは、『世にも不思議な物語』という三十分のシリーズ物の外国映画だった。こけおどしのグロテスクなお化け番組と異なって、人間の内面や、社会に、何気なく存在している出来事を、ちょっと視点を変えることで、常識では説明できない、いわば超常的な現象を映像化した物である。

猛母・雪江は、この番組のせいで、学業成績が低下し、ひいては兄とは違って三流大学しか進学できなかったのだと、固く信じている。

少年時代、どんな遊びをしていたか?

○いつも遊んでいた場所はどこか?

西ヶ原《にしはら》の北に位置する飛鳥山《あすかやま》やその向こうの王子稲荷《おうじいなり》や王子権現《ごんげん》、その台地と飛鳥山の間を流れる音無川界隈《おとなしがわかいわい》や染井《そめい》霊園が、浅見少年の遊び場であった。音無川に架かる、美しいアーチ橋を音無橋といい、よく、橋脚の下に立って手を叩いて遊んだ。手を叩くと橋桁《はしげた》に反響して、明瞭な鳴き竜を聞くことができるのだ。

その橋脚の下で、浅見少年は狂女に話しかけられる。狂女といっても、確かかどうか不明であるが、美しい白い顔の女性で、長い髪に、いつも決まって赤いドレスを着て、異様に濃い化粧だったそうだ。

浅見少年は、紺の半ズボンをはいて、ポケットに両手を突っ込んで、岸辺の水に浮くうたかたの行方を眺めていた時、というから、この辺が浅見の普通の子供と違っているところかもしれない。人生に倦《う》んだいっぱしの大人の風情である。

「坊や、この川の始まりはどこだか知っている?」という問いかけから始まる狂女の話は、浅見に非常に強烈な印象を与えたらしい。

「お母さんは、小平《こだいら》で死んだの。胸を刺して……真っ赤な血が流れて……川にね──」

赤いドレスと嗚咽《おえつ》混じりで途切れとぎれの言葉とを、断片的に覚えている。

水道の蛇口から水が出るシーンのテレビCMを見ると、条件反射のように、幼い日の光景とともに、「お母さんの血が、川に流れた」と言った狂女の言葉を思い出すと言う。その血が石神井川《しゃくじいがわ》を下り、音無橋をくぐり、隅田川《すみだがわ》から、やがては、あの水道の水と同じように海に注がれた──というイメージが、頭のスクリーンに映し出されるらしい。(隅田川《すみだがわ》殺人事件)

〇本を読むことが好きな少年だった？

子供の頃は、あまり外遊びもせず、よく書庫に潜り込んでは、難しい歴史書を広げたりした。内容をきちんと理解できたものは少ないが、それなりに、脳味噌の片隅にこびりついているものだ。「小泉八雲《こいずみやくも》全集」の『怪談』などもそのころ読んだ物だ。他の読み物では、勇ましい話が好きだった。

漱石《そうせき》の『坊っちゃん』なども好んで読んだ。特にその中では、坊っちゃんが道後《どうご》温泉の上等にいつも入ったというくだりが大好きだった。坊っちゃんのいかにも江戸っ子らしい見栄っ張りと鼻っ柱の強さ、軽佻浮薄《けいちょうふはく》さが活き活きと描かれていて、こんな風に生きてみたいと思ったのである。

太宰《だざい》治《おさむ》の作品で読んだ物は『斜陽』・『人間失格』・『走れメロス』・『津軽通信』・『惜別』。

○お墓でやったいたずらとは？

本好きだからといって、浅見少年は家にばかりいたわけではない。浅見家が檀家を務める聖林寺《せいりんじ》でやんちゃ振りを発揮している。

「もはや時効でしょう」と言いながら住職は、「当寺も手痛い目に遭っております」と証言している。

新仏の卒塔婆《そとば》を十何本も引っこ抜いて遊んだり、先代が自慢にしていた桜の枝を折って、あちこちのお墓に飾っていたり、相当罰当たりなこともしたようだ。そして夕暮れになると、「カエルが鳴くからかーえろ」と歌いながら家に帰ったのである。

住職は、丁度その頃、先代が往生を遂げたのは、桜を折られたのを立腹したためではないかといわんばかりの口振りであった（鐘）。

○独り遊びが好きだった？

どちらかというと、独り遊びが好きな子供であった。部屋の中でも、戸外でも、気がつく独りだけの遊びに没頭していることが少なくなかった。集団で行動するのが苦手なところはこの頃から始まっている。

浅見家ではよくカルタ会を催したので、子供の頃から百人一首には親しんでいて、得意でもあった。

その百人一首の絵札を双組《ふたくみ》に分けての「合戦ごっこ」という遊びをした。天智《てんじ》天皇が大将の組と崇徳院《すとくいん》が大将の組に分け、緑の絨毯《じゆうたん》を草原に見立て、双方が堂々の布陣で対峙《たいじ》する。「お姫様」も「坊さん」も、その時の光彦坊っちゃまの目には、鎧兜《よろいかぶと》に身を固めた武将たちに見えていたようだ。

中学校時代

浅見は滝野川小学校を卒業後、家からすぐ近くの飛鳥《あすか》中学校へ入学した。

○文通をしていたことはある？

中学以降、成績は転落の一途をたどり、語学以外は惨憺《さんたん》たるありさまであった。幸い国語は得意分野で新聞に投稿が載ったことがある。それがきっかけで、青森県の中学生から手紙をもらい、しばらく文通したが会ったことはない。

○松本開智《かいち》学校で感じた悲しみとは？

長野県松本市にある「旧開智学校」を見学したのもこの頃である。明治から昭和に至る教科書が展示されていて、終戦時に使用された教科書が、真っ黒に塗りつぶされていたのが、異様な記憶として残った。「大日本帝国」時代に作られた教科書の記述が、占領軍によって、抹消するように命令されたものだと説明があった。そのとき浅見少年は、悲しみと憤《いきどお》りに襲われたのを覚えている。（はちまん）

○光光《みつみつ》コンビとは何か？

小学校からの幼なじみの野沢光子との仲を「光光コンビ」と噂される。しかし実態は、光子は「なんだかポーとして頼りないお坊っちゃん」と思っていたし、浅見は浅見で「高《たか》嶺《ね》の花」と初めから諦めムードであった。

○父の死をどう感じたか？

浅見が十三歳の時に秀一が急逝した。父の記憶といえば、厳格だったという記憶ばかりで、その詳しい人間像はひどく曖昧《あいまい》である。周りの人の思い出話を聞いてあたかも自分の体験のように認識している部分が多い。

十三歳の浅見少年にとって、父は神様や雲の上の人どころか、親子でありながら、ほとんど無縁の存在のような記憶しかない。それほど父は偉大で遠い存在だった。

浅見少年は父の死に接することが辛くて、父の死の直前に病院を抜け出して、自宅近くの飛鳥山公園の崖に隠れて、夜まで帰らなかった。

「親の死に目に会わないなんて、お前は本当に親不孝者だよ」と、根津《ねづ》の伯母が目を三角にして叱ったが、浅見少年はひと言も弁解せずに黙って俯《うつむ》いていた。その時、雪江が「光彦はそういう子なのですよ。優しい子なのですから」と、とりなすように言った。浅見はこの時の母の言葉を永久に忘れないと思った。その時隠れた理由を、自分以上に母が分かってくれていると思ったのだ。

突然の死ということもあってか、浅見は涙が出なかった。ひとり心置きなく泣いている妹を、不思議な存在として傍観していた。

その年の晩秋に、相続税を払う必要上、軽井沢の別荘を手放したので、この年の夏休みが軽井沢で過ごす最後となった。その夏はもう、虫を追いかけることもしなくなって、草の上に寝ころぶなどと言う「暴挙」もしなくなった。日課の中心はもっぱら勉強で、せいぜいテラスにキャンバスを立てて、森をスケッチしたり、大きな別荘のホームコンサートに招かれたりといった、「疑似おとな」のような日々を送った。

それまで使用していた二十四インチの大人用自転車を、竹田峰男クンに譲った。いつも被っていたブルーのラインが入ったテニス帽は、自分用のタンスの奥にしまい込んだ。

こうして浅見の十三歳の夏は終わり、子供時代とも別れを告げたのである。峰男クンは、今では中軽井沢で竹田モータースという貸し自転車屋を営んでいる。

高校時代

浅見は旧制中学が母体である小石川《こいしかわ》高校に通う。秀才の誉《ほま》れ高い伝統校である。

○女学生とのロマンスはあったのか？

小石川高校生と、隣接する竹早《たけはや》高校の女学生とはロマンスめいたエピソードも多いが、浅見には無縁な話であった。野沢光子は竹早高校の生徒で、竹早を代表する美少女と噂されていた。先輩などから、仲を取り持つように命令され、辟易《へきえき》したことがあるが、浅見本人は道で会っても、こそこそ隠れて歩いていた。

また、光子とは別の話になるが、同じ中学に通っていた女生徒が、私立の女子高に進学して、浅見の高校と方向が同じだったから、いつも電車で一緒になった。中学では気さくに付き合っていた彼女が、妙に遠い存在になって、目を見交わすだけでもドキドキして、そうこうしているうちに、彼女と出会うこともなくなってしまったようだ。

他に浅見がかりそめにも「付き合った」と言える女学生は、香奈美《かなみ》さんという子で文芸部の後輩にあたる。浅見が三年になった年に入学してきて、同じ文芸部に所属していた。なかなかの美人だったから、男子部員の憧《あこが》れの的《まと》になったが、特別な関係になれたものは誰もいなかったようだ。いまどきお目にかかれないほど真面目で、家と学校を直線で往復するような少女だった。

その彼女に卒業間近「思い出にブレザーのボタン下さい」と言われたので、浅見はそうとうビックリしたらしい。もっとも、いつもの優柔不断な「浅見先輩」であったから、それ以上の発展はなかった（鄙《ひな》の記憶）。

○そうとうな悪《ワル》だった？

そんな女性に対しては消極的な浅見クンも、幼少の頃からのやんちゃぶりは健在で、そうとうなワルだったらしい。悪友の堀《ほり》ノ内《うち》はよく喋る男で、浅見はいつも聞き役に廻っていた。二人ともかなり無鉄砲をやったけれど、きわどいところで抑制の利く浅見のお陰で、それなりの成績で卒業できた。

その堀ノ内が「浅見はエスケープの大家だった」と証言している。また、浅見には、常人にはない直感力のようなものが備わっていて、期末試験のヤマをかける才能は群を抜いていたというから、浅見特有の勘は、昔からのもののようだ。教科書やノートをペラペラめくっているうちに、天恵《てんけい》の如く出題箇所が閃《ひらめ》く。「ここのところが、どうにも気になる」と浅見が言えば、まず間違いなくその部分から出題された。

大学時代

浅見は生まれつき勉強が嫌いで、理数科目はまるで弱い。従って専攻は国文学。三流有名大学、T大に、一浪してやっとこ入り、留年しないで卒業できたのが奇跡だと思っている。

○あの晩何があったのか？

異性のこととなると、今時珍しいほどウブな浅見であるが、学生の頃は多少ハメを外していたかというと、そうでもないようだ。

同期の女子学生に可愛い子がいて、ちょっといいセンまでいったのだが、浅見がモタモタ紳士的に接しているあいだに、他の仲間にさらわれてしまったことがある。

横浜が好きな浅見が、山下《やました》公園に行って、ひとりぼんやりと海を眺めては、失ってもいない恋の痛手を感じたりしたのは、この一件の後かもしれない。

大学時代は、コンパにも参加している。酔いつぶれて、同期の相川《あいかわ》に送ってもらったことがある。雪江夫人から「こっぴどく叱られた」と言うところをみると、送っていった相川もろともにお目玉を頂戴したらしい。

ある時は、よからぬ仲間にアルコール漬けのようなことをされて、気がついたら女のベッドで夜が明けた——ということがあった。その時ですら、浅見自身「何か」があったのかどうか、記憶がはっきりしない。しかし、その事件のお陰で浅見の「童貞」説は消えたようである。

○反対運動に参加したことはあるのか？

その頃、政治家大野《おおの》が平議員から抜擢《ばってき》されて、文部政務次官に就任した。そのとたん、「戦後教育の見直し」を提唱し、世間から猛反対を浴びた。このときはさすがのノンポリ浅見チャンも、反対運動に署名している（江田島殺人事件）。

○連続窃盗《せっとう》事件とは？

応援団員にかけられた連続窃盗事件の疑いを解明し、潔白を証明したことがある。それ以来、応援団の守護神の如くあがめられ、どちらかといえば、脆弱《ぜいじゃく》に見える浅見が、学内で怖いものなしの生活を送ることができた。当時の応援団長の漆原《うるしばら》からも、一目置かれていた（漂泊《ひょうはく》の楽人《がくじん》）。

母校の野球を応援した流れで、応援団員たちと喫茶店「白十字《はくじゅうじ》」に立ち寄ったこともある。新宿三越《みつこし》の裏手にある喫茶店で、戦後間もなくからずっと変わらない店構えで営業している。

○イタコの女子学生が告白？

イタコの女子学生に思いを寄せられたことがある。浅見の出た大学は、母にいわせると「変わり種の集団」である。変わり種――つまり、タダ者でない人間で、よく言えばユニークな人間、悪くいえばただの変人と言える。

浅見自身が変人という点では人後に落ちない。その浅見ですら「変わっているなあ」と感嘆したのが、同期の女子学生唐橋春美《からはしはるみ》であった。イタコの娘でちょっと見、可愛いので言い寄った学生もいたが、それらを全部袖《そで》にして、我らが浅見クンに言い寄ったのである

(恐山殺人事件)。

もっとも、志操堅固の権化みたいな雪江に薫陶《くんとう》を受けて育ったせいか、「据え膳食わぬは」などと、すぐ手を出すヤカラとは違って、春美の積極的なアタックにもかかわらず、一線を越える事はなかった。しかし、その過程で「代々イタコなの」と告白され、春美自身はそっちのけで、イタコそのものに興味を抱いたのだから、浅見も相当な変人である。

「あたしもイタコらしい」と言った春美の口調に悲しげな響きを感じ、自分にも特殊能力があることを思うと浅見は、秘密を打ち明けた春美の愛がひたむきであると思う。

「うちのばさまは会わなくてもわかる」と言って、浅見の顔かたちから身長、体重、着ている物の好みまで書かれたメモを見せられ、すべて言い当てられていたときは、「きみが教えたんだろう?」と言ったもののゾーッとした。

「そう言うと思った……」と、春美が世にも悲しげな顔を見せたのが、決別の意思だったらしい。春美は卒業後まもなく結婚したという噂を、浅見は風の便りに聞いた。

その後、浅見が取材で角館《かくのだて》を訪れたとき、偶然にも春美に出会うが、そのときは離婚して実家に帰っていて、「妖艶な女盛り」という風情に浅見は圧倒されている。

浅見の就職　～激動期～

一浪はしたものの、大学を留年もなく無事に四年で卒業したあと、浅見は社会に出るのを嫌って大学院に進んで修士課程を修了している。その後の浅見クンの社会との遭遇はあまり心地よいものではなかったようだ。

○実はアナウンサー志望だった？

浅見は一時アナウンサーになりたくて、オーディションを受けたが、見事に落ちた。もっとも浅見が落ちたのは、そこだけじゃなくて、新聞社も出版社も商社も、一流どころか二流のところもすべて落ちた。

○転職を繰り返したのは本当？

兄の口利きで、事務機関係の会社に勤めたが、ヘマばかりやって、自分で嫌気がさして、じきに辞めてしまった。その後兄のヒキで入った商事会社も一年未満で退職。以後いよいよ兄に頭が上がらなくなる。

唯一の得意学科であった国語力を活用しようと、出版関係の会社に入ったものの、これもダメだった。新聞社文芸部に入社、三年で辞めている。二流の商社、三流の新聞社、四流の薬品会社を転々とし、十いくつも勤めを変え、いろいろな職種に就いてみたものの、結局どれも長続きせず、ありとあらゆる会社をしくじって、当たり前の会社勤めができないのだと自分の社会性のなさを痛感した。

○サラリーマン時代苦手だったことは？

サラリーマン時代の浅見は、仮払金の精算に随分悩まされたらしい。タクシーを利用したり、クライアントとお茶を飲んだり——といった細かい出費をいちいち記録する作業が、大の苦手だった。仮払金に限らず、伝票処理はいつも遅れがちで、計算が合ったためしがない。領収書をもらうのを忘れ、身銭を切ったこともしばしば。要するに、会社や組織内での人間関係やらルールやらに合わせることが出来ないのだ。

浅見の就職　～安定期⁉～

○結局たどりついたのは？

結局、宮仕えが性に合わない、典型的落ちこぼれ体質なんだと悟り、残された唯一の道は、一匹狼しかないと、諦めたのである。幸い、ルポライターとして使ってくれる編集者がいて、ポチポチやり始めたら、これが結構、浅見に合っていたようで面白い仕事だと思う。

これは軽井沢在住の某作家が「見かねて雑誌社を世話してやった」と恩着せがましく言っている。母の雪江に頼まれたとかいう話だが、雪江があれほど嫌っている軽井沢のセンセに頼み込むかどうか疑問なところだ。

とはいえ、とにもかくにも、フリーランスの仕事は浅見にぴったりだったようだし、「十日もいると苦痛になる」サラリーマン生活から解放されたのだから、めでたい限りである。

「ヤクザ」な商売であろうが、根無し草のような不安定この上もない職であろうが、居候生活には充分な収入を得るに至ったのだ。

爾来《じらい》、広告のコピー、穴埋め用の雑文エッセイなどを書いている。

第二章　浅見光彦の愛すべき人々

その一――浅見家

浅見家は、維新以来四代続いた官僚の家柄で、今の当主は、警察庁刑事局長である兄の陽一郎である。従って、浅見光彦にとって、本来自分の家でありながら、今では身の置き所のないような微妙な立場にいるのである。家は東京都北区西《にし》ヶ原《はら》の、飛鳥山公園にほど近い高台の、昔ながらの佇《たたず》まいがまだ残されている一角にある。滝野川署までは五百メートルの距離である。

浅見は少年の頃にタローという犬を飼っていた。秋田犬の混じった雑種だったが、頭が良くて、浅見はとても可愛がっていた。タローが死んでから二十年以上経つが、今でも思い出すと目頭が熱くなるという。

次男坊の部屋

浅見の部屋は、二階の丑寅《うしとら》の隅、つまり鬼門の方角にある。昔父が書庫代わりに使っていた六畳の洋間である。それほど広くない部屋は絨毯《じゆうたん》敷きで、出窓があり、ワープロ・オーディオ・テレビ・リクライニングの椅子・ベッドなどが置かれていて、最近ではパソコンも入ったようだ。

「生活必需品」はほとんど揃っていて、インスタントラーメンさえあれば、一週間ぐらいは籠城《ろうじょう》できそうである。あまり陽は射さないし、窓もめったに開けない。書庫にしていたぐらいだから、気密性がいいし、遮音《しゃおん》効果もいいから、夜中にワープロを叩くのには向いている。熟睡したら最後、ドアをノックした程度では絶対に目覚めることはない。

ただし、どんなに熟睡していようと、狸《たぬき》寝入りを決め込んでいようと、「大奥様がお呼びです」の声を聞くと、てきめんに効き目がある。「大奥様の命令は朕《ちん》の命令」と浅見は思っているのだ。

クーラーはあるにはあるが、うっかり自室ばかり早めにつけると、「いくつになっても我慢という事ができない人」と思わぬ雪江の反撃を喰らう。

ある年の梅雨明けの頃、夜遅くまで原稿を打っていたため、起きるのが少々遅くなってしまったことがあった。その時、雪江が須美子に宣《のたま》ったセリフは、「なにが、お仕事なものですか。愚にもつかない駄文を書いているだけです。何時だと思っているのかしら。いいかげんで起きるようにおっしゃい。起きなければ、クーラーを止めて、代わりにヒーターを入れて、蒸し焼きにしてあげなさい（琵琶湖周航殺人歌）」というものであった。浅見は蒸し焼きにされてはたまらないと、あわててベッドから抜け出したのである。

「お昼まで起こさないように」などとドアに張り紙をしても無駄で、母にかかっては「もう八時過ぎだっていうのに、しょうのない子ねえ。そんなもの剝《は》がして屑籠《くずかご》に捨てておしまいなさい」の一声でたたき起こされるハメになってしまう。

この自室には滅多に女性を招き入れるようなことはないが、幼なじみの光子は別である。それでも二人で話すときは、ドアを開けておく。しかし雪江には「こんなむさ苦しい所に女性の方をお入れして、失礼です。応接間になさい」と注意されてしまう。

浅見家の電話

浅見の自室から居間の電話までの歩行距離は約十四メートル。ときにはその距離が長く感じて不便に思う。徹夜明けで泥のような眠りの中から起こされて電話に出る時など、パジャマ姿で居間にいくと、母の苦々《にがにが》しげな視線に出会って具合が悪いこと甚《はなは》だしい。

浅見家では雪江の主義で、陽一郎の書斎は別格として、居間以外の各部屋には電話を付けないことになっている。「ひとつ屋根の下で、こそこそ余所様《よそさま》とお話ししているようなのは、好ましいことではありません」というのが主張するところで、家族の断絶は子供部屋に電話を入れたりするところから発生すると思っているようだ。

勿論、携帯電話も持ってはいけないことになっている。自動車電話はいいのだが、持ち歩けるような電話は許せないというのだ。「あんな物があるから、核家族化がますます進んでしまうのです。電話はリビングに一台あれば、それで十分」携帯電話や親子電話が、家庭内の交流を阻害《そがい》しているというのである。

この母の意見に対して浅見は「今時のルポライターが携帯電話を持っていないなんておかしいんだよ」とか、「姪《めい》や甥《おい》のような子供にはいい躾だけど、なんで大人の僕までがとばっちりを食うんだ」と愚痴っているが、この言い分はおかしい。

携帯電話を持ちたければ、自分の甲斐性でいくらでも持てるのだし、なにも母上のお許しを戴《いただ》かなくても、勝手に買ってくればいいことで、携帯電話は基本的にはソアラ嬢ほど金食い虫ではないのだから。しかしそれができないのは、ひとえに浅見の「母には逆《さか》らえない」という生まれついての忌《い》まわしい性格によるのである。

このように三十過ぎたいい男が未だに母の管理下にあるがごとき現状は、浅見の「マザコン」説を裏付けるものである。電話の取り次ぎのたびに、光彦坊っちゃまのドアを叩いて怒鳴る須美子にまで「早く専用電話をお買いになればいいのに」と言われてしまう。

例外として、ある事件解決に当たって、特別に電話回線を浅見の部屋に増やしたことがある。これで、今後は意地悪なお手伝いの須美子や、煩《わずら》わしい雪江の手を経ないで、プライベートな電話も受けられると、自室で電話を受ける喜びを感じたのも束《つか》の間《ま》であった。事件解決後は速やかに取り外されたようである。

浅見家の行事

○カルタ会

毎年、正月十四日夜から十五日の（旧）成人の日にかけて、浅見家ではカルタ会が夜を徹して行われる。雪江が浅見家に嫁いでからずっと続いている風習で、かれこれ半世紀になる。

いつの頃からか、その席がお見合いを兼ねたパーティの趣《おもむき》を呈してきた。陽一郎もこの席で和子《かずこ》を見初《そ》めたのだし、他の親戚、友人の何人かはこのカルタ会が縁で結ばれている。だが、ひとり浅見だけが、未だに縁が無く独身でいる。

三年ほど前の浅見が三十になった頃から、雪江はこのパーティに疑問を持ち始めた。

「本当のところを言うと、わたくしはもう止めたいのですけれどね」とか「あの子がいつまでも、この家にゴロゴロしているのを、人様にお見せするのは、なんだか、物欲しそうに思えて……」と述懐している。

もう一人、カルタ会を不快に思っているのは、お手伝いの須美子で、その夜は機嫌が悪い。わが浅見家の光彦坊っちゃまに、美しく着飾った令嬢たちが群がるのが、気に入らないのだ。

しかし、そのカルタ会で張り切るのは浅見である。日頃、浅見家の出来損ないのように言われる浅見だが、ことカルタ取りに関しては天稟《てんぴん》の才能に恵まれたようで、ここ十何年かは、チャンピオンの座を守っている。一見のんびりしているようでいて、ひとたびカルタに向かうと、がぜん黒豹の如く敏捷《びんしょう》さを発揮する。腕前は「日本選手権に出ればいいところまでいく」ほどであるが、浅見にその気はさらさらない。

兄夫妻も、雪江もカルタは得意だが、現役の仲間に加わることはなく、もっぱら読み手にまわっている。雪江が読み手の場合はカラ札は決まって国歌の「君が代」を読むことになっている。

カルタ会が終わってからは、雪江手作りのちらし寿司が浅見家の名物で、広間や応接間、思い思いの場所に散って、歓談しながらの時間を楽しむのが恒例になっている。応接室には、陽一郎がドイツ土産《みやげ》に買ってきた木製のベンチが置いてあり、浅見はそこに朝倉理絵と並んで座ってちらし寿司を食べたのである（歌枕殺人事件）。

○餅つき

坂下の棟梁《とうりよう》のところで毎年餅つきがあり、浅見家にお出掛けになりませんか、と声がかかる。いまどき、東京の真ん中で餅つきは珍しい。棟梁の所では、秋田の親類から送ってくる本物の俵に入った糯米《もちごめ》一俵分の餅をつく。

前庭とその奥のコンクリートの土間をぶっ通しで、蒸籠《せいろう》での蒸し上げから、ケヤキの大臼《おおうす》での搗《つ》きまでの行程をひと目で見渡せるようになっている。あちらこちらから湯気が立ち昇り、景気のいいかけ声や、女や子供のさんざめきが賑やかで、いかにも鳶《とび》職人の家らしい雰囲気がある。

兄嫁と子供たち、それにいい年をしてお祖母ちゃまの雪江までが見学に行くというので、浅見もお供するハメになる。もっとも「ハメになった」などと言いながら、浅見の目的は餅つきではなく、その後仕上がってくる餅に興味があって、飛びきり辛い大根おろしのからみ餅には、目がない。考え事をしながら食べると、いくつ食べたか覚えていないいた

め「光彦、食べ過ぎですよ」と、母にたしなめられたりする。(鳥取雛送り殺人事件)

浅見の立場

○賢兄愚弟

浅見家では賢兄愚弟は全員了解の既定の事実となっている。幼い頃から万事、陽一郎と比較されてきた上に、浅見が中学のとき父が急逝して以来、ずっと兄の世話になってきたので、全く頭が上がらない。母から兄の名前を出されると意気消沈してしまう。「陽一郎さんにご迷惑をかけないようになさい」と、雪江から、耳にタコができるほど言われている。

僕だってそのくらいのことは……など言ってはいけないのが、浅見家の不文律なのである。

○身分は居候

親の面倒を見るどころか未だに兄の家に居候し、母からは「この家に居候しているからには、陽一郎さんのお役に立つことを専一《せんいつ》に考えなさい」と言われている。

「いつまでたっても厄介者で申し訳ない。恐縮の塊《かたまり》みたいな気持ちです」という浅見に、兄嫁の和子は「本当かしら?」と疑いの目を向ける。本当にそう思っているんなら、早くお嫁さんをおもらいになればいいのに……というのが和子の気持ちらしい。

浅見家の中で、次男坊の存在は、テレビというよりも空気に近いと言ったほうがいい。そこにあることが当たり前なのであって、ありがたみを感じてもらえないのは仕方がないとしても、ほとんど意識されていないのではないかと、疑いたくなることさえある。

もっとも、朝は九時過ぎまで寝ているし、しばらく顔を見ないと思うと、吉野の山奥だとか利尻《りしり》島だとか、とんでもない所をウロついていたり。かといって、夕食にはちゃんとテーブルについていたりするから、あまりアテにされなくて当然かもしれないのだが。

事件を追って見知らぬ街を駆け回って、久しぶりで家に帰ったときは、湯船にゆったりと浸《つ》かって手足を伸ばしながら、「母親がやかましかろうが、居候で肩身が狭かろうが、やはり家はいい」としみじみ思うのだ。

また、あまり居候を持ち出して「須美ちゃんにいつも面倒を掛けて悪いから」などというと、須美子から「坊っちゃまは、れっきとした浅見家のお生まれなんですから」と諭《さと》されてしまう。

○お中元はくるか？

名門の誉れ高い浅見家では、どうしようもない落ちこぼれなので、陽一郎への付け届けの多い盆暮れには悲哀を舐《な》める。そんな浅見に一番大きな段ボール箱でお中元が届いたことがある（鏡の女）。いそいそと自分の部屋に運び込んで、デパートの包装紙をはがして、その全貌が現れたとき、浅見は呆然と眺めた。なんと配達された品物は、可愛らしい白い姫鏡台だったのである。

しばらくして、どうしたものか、と自問自答した。こんな所に置いておくわけにはいかない。お手伝いの須美子にでも見つかったら、引きつけを起こしかねないし、一家中の物笑いのタネにされかねない——思案の末、人目に付かないように浅見は戸棚の中にしまい込んだ。そうしておきながら、何気なく戸棚を開けて、目の前にいきなり自分の顔が現れて、肝《きも》がつぶれるほどドキッとしている。

○お月謝とは？

居候だからといって、家に一銭も入れないのでは、嫁の手前、母も兄も肩身が狭い。それに、浅見だってまんざら収入がないわけではないので、それなりの食い扶持《ぶち》は払っている。家計担当の和子に、毎月いくばくかのものを渡しているのだ。それを母の雪江は「お月謝」と名付けている。

あるとき月が変わったにもかかわらず、払っていなかったことがあった。するとお母から「今月のお月謝はまだなのね」と言われてしまった。和子がおとなしい人なので請求するようなことはないから、雪江としても気を使っているようだ。

その時に「忘れていました」というと「ほんとは手元不如意《ふによい》ではないの？」と言って立て替えてくれた。勿論「困った人だこと」という一言は頂戴したが、浅見は最敬礼で母の後ろ姿を見送ったのである（鄙の記憶）。

○次男坊の訪問客

浅見は居候ということもあり、自宅に人を招くことはほとんどしない。だいたい、浅見家では、次男坊の訪問客が歓迎されることは稀《まれ》である。大抵の客は事件という名の厄介《やっかい》な土産を運んでくるのが相場だからだ。

お手伝いの須美子には「光彦坊っちゃまのお客さんは、おかしな方ばかりですね」と上目遣いで睨《にら》まれてしまう。坊っちゃまの客には出涸《でが》らし、日本茶、紅茶、コーヒーとランクがあるようだ。ケーキが付けば上等な客である。

福井から刑事が来たときは、間の悪いことに応対に出たのが雪江だったため、浅見は窮地に落とされる。呼びもしないうちから母が、お盆に紅茶を載せて応接間にやって来て、兄が警察庁刑事局長であることを話してしまったのだった。

浅見の家での過ごし方

○起床

浅見の起床時間は午前九時以降と決まっている。八時に起きるのは珍しい。朝六時など浅見にとっては気が遠くなるような早朝なのだ。

その浅見が普段より二時間以上早く起きて、兄と一緒に朝の食卓についた場合、まわりからどのような態度がかえってくるかというと――

須美子は「早く起きるなら起きるっておっしゃっていただかないと、こっちの手順が狂っちゃうんですよねえ」と、スープの量を一人前急いで増やしながら、坊っちゃまの気儘に文句を言う。

甥と姪は「叔父さん、どうしたの?」と目を丸くし、「おばあさまに叱られたの?」と遠慮のない質問をぶつける。兄嫁・和子まで「あら」と須美子と同じ目で見る。

身支度を整えた陽一郎は「よお、珍しいな」と、しばらくぶりで会ったようなことを言う。

最後に現れた雪江だけが「いい心懸けですよ」と珍しく褒《ほ》めてくれる。もっともその後に、「これからも毎日そうありたいものですね」とおこごとが付く。

○朝食

浅見家の朝食は、たいていパンと決まっている。メニューは、トースト・目玉焼き・カフェオレなどで、その日によって、卵料理の内容や飲み物が変わったりする。

浅見は、みんなより朝遅いので、須美子から、どうしてみなさんと一緒の朝食にならないのかと、溜息混じりに言われることもあるし、「せめてもう一時間早く、お目覚めになってくだされはいいのに」と、冷たくなったトーストを齧《かじ》りながら、文句を言われることもある。

このようにいつも遅い朝食を摂《と》る浅見であるので、時には自分でトーストしたり、コーヒーをいれたりする。そんなとき電子レンジを使って新しい発見をすることもある。

新しいパンは、そのまま食べるかトーストするに限るが、少し固くなったパンは電子レンジで三十秒ほどチンすると、焼きたてのようにふっくらするのを発見している。しかし姪や甥には評価されず「トーストにあらざればパンにあらず」と思われている。

さらに豆入りかき餅タイプの素焼きせんべいも、三十秒チンして醬油《しょうゆ》を塗って、さらに三十秒チンすると歯触りもいいし、焼きたての香ばしさがよみがえるのを発見するが、浅見家の人達は誰も振り向いてくれない。

○朝食後

食事中は新聞を禁止されているので、食後読むことにしている。社会面には必ず目を通す。リビングでテレビを見ることもある。

浅見が用もないのに散策に行く事はほとんどない。ある朝、雪江から「たまには飛鳥山の桜ぐらい見ていらっしゃい」と、ありがたいご託宣をいただき、朝の散策に出掛けたことがある。

○昼食

スープにパンなど洋食中心で、和子と雪江の三人ですませることが多いようだ。

昼食後、須美ちゃんまで出掛けてしまって、気がついたら留守番させられていたこともある。

○昼食後

事件にかかりきりで留守がちな毎日だが、たまに家に居る時間は、締切が迫っている原稿を書くハメになる。時には仕事をするふりをして、ワープロに向かい、「沈思黙考」の行《ぎょう》（辛辣《しんらつ》・雪江語録の項参照）に入ることもある。

運良く原稿の締切にも追われず、別段これといって用のないときは、ガラス瓶の中に帆船を組み立てる作業に没頭したり、モーツァルトのテープを聞いたり、テレビでラグビー観戦したりする。

しかし、三十三歳にもなる次男坊が毎日家でゴロゴロしているのは、浅見家の人々にとっては、鬱陶《うっとう》しい光景らしい。兄嫁は何も言わないが、雪江はズケズケ小言を言う。「いつまでも遊んでいないで、出版社に顔を出して、お仕事を戴くようにしなさい」と、まるで、登校拒否の小学生を学校へ駆り立てるようなことを言われるのだ。

○夕食

ダイニングテーブルには椅子が六脚あるが、全員がそこに座ることは、ほとんどまれである。浅見か陽一郎のどちらかがいない時が多いからだ。久しぶりに全員が揃うと、甥たちは喜ぶが、雪江は不愉快この上ない。「本来この場にいてはいけない人がいます」と言いたげであるが、浅見は知らぬ気に「いつまでもこの椅子にすわっていたいな」などと言って、ますます母親の機嫌を損ねるハメになる。

夕食は、大奥様の雪江に合わせた、白身魚などの献立が多いが、たまには須美子が気を利かせて、坊っちゃまに合わせたステーキなどの肉料理を出してくれる。特にすき焼き鍋が用意されて肉や野菜の皿が並べられると、意味もなく箸《はし》の位置を動かしたりして、いくつになっても、ちょっとした期待感で胸がときめく。すき焼きと聞いても、ファミコンゲームに熱中しているような甥や姪たちとは対照的だ。夕食は兄を除いた家族が揃う、一日で一番賑やかな時間である。兄はいつも遅いので、滅多に一緒には食べられない。

○夕食後

食後は調べ物や原稿書きに追われる。たまに事件に関わることで兄に用事があるときは、帰りを待ち構えて、兄の書斎へ行くこともある。

夕食後、浅見家のリビングに家族全員が揃うなど、何年に一度という珍しいできごとである。いつも帰りの遅い陽一郎は、そんなときは、二人の子供たちの相手をしてあげる。

あるとき家族全員が揃い、食後のコーヒーをすする中、雪江が編み物に没頭していた手をとめて、「まあ、何年ぶりのことかしら」と若やいだ声を上げたことがあった。やはり嬉しいのだろう。

お手伝いの須美子もそのときは「いいですねえ、こうして、ご家族みなさまがお揃いだなんて」と嬉しそうだった。しかし、そう言われて、不満気に次男坊をジロリと睨んだのは雪江である。「本当にいいものかどうか……」と嫌味を言うのはいつものことである。

風呂は好きではないが、身だしなみのために家に居る限りは入る。事件で飛び回って、二、三日入れないまま帰宅したりすると、「坊っちゃま、臭いますよ」と須美子に言われてしまうこともある。

○就寝

浅見は丑三《うしみ》つ時が恐ろしいので、原稿の締切が迫っていても、出来るだけ午前二時には寝るようにしている。

その二――猛母・雪江《ゆきえ》未亡人

この世で怖いものは、母親の雪江を除けばお化けと飛行機だけ、とまで浅見に言わせるほど怖い存在である雪江について検証してみよう。

雪江ってどんな人

雪江の歳にしてはなかなかの長身である。鼻筋が通ったきつい顔立ちで、細い金縁の眼鏡をかけている。正月には百人近い人間を集めてカルタ会を催すような家柄に育った。若い頃は美人だったようだ。絵画の立風《りつぷう》会顧問、日本古式泳法の水府《すいふ》流太田《おおた》派の研究サークル「薫泳会《くんえいかい》」の名誉会長などを務める活動的な猛女で、華道・茶道にも通じている。平塚亭の串団子が好物で、浅見は母を籠絡《ろうらく》する手段には、この土産を買って帰る。人の顔を記憶することには、妙に才能がある。

○信条

昔の女性にしては頭も良く柔軟な考えを持っているが、思想的には体制べったりのコチコチで、「世間体や格式の亡者」と浅見は表現する。身分だの格式だのを金科玉条《きんかぎょくじょう》にしていて、職業や貧富よりも、家の系譜を重視する。ゆえに源平藤橘《げんぺいとうきつ》の苗字に神秘的憧れを持っている。

毎月三度ある「四の日」は巣鴨《すがも》のとげ抜き地蔵の縁日で、お参りを欠かさない。浅見家からとげ抜き地蔵までは、歩いて三十分ばかりで、健康のための散歩には適当な距離である。

春四月二十二日、秋十月十八日の靖国神社の大祭は欠かさず出掛ける。浅見も幼時に母に手をひかれて行ったが、今では運転手役でお供をすることが、しきたりになっている。

○性格

人前で泣くなどはしたないと思っているので、家族の死に際しても、涙は浮かべても声を上げて泣くことはない。誇り高いので、もし夫のかつての愛人が訪ねて来たら、卒倒しかねないが、「たまにはそういうハプニングも薬だ」と浅見は思う。

貨幣価値が昭和三十年以降変動していないと思っているので、浅見が母から報酬を貰うことがあっても、あまりあてにならない。また嘘のつけない性格で、日頃は口やかましいが、根はお人好しである。歳の割に好奇心が強く、何にでも首を突っ込みたがるところは、浅見に受け継がれたようだ。

受け継がれたものは他にもあって「ああいう鉄の塊を空に飛ばして、ただですむわけがありません」という飛行機嫌いでもあるし、高所が苦手でもある。浅見はこんな非科学的な部分では妙に意見が一致するのを見つけては「ああ、やっぱり僕はこの母の子なんだ――」と思わず感傷的な気分に浸《ひた》ったりする。

○躾《しつけ》

脱いだ玄関の靴はきちんと揃えるなど、猛母・雪江の躾がきちんとしているので、浅見は正座がわりと平気であるし、茶をたしなむほどのことはないが、その席にいけば、それなりの振る舞いはできる。

子供の頃、ご飯に味噌汁をかけて食べて「行儀が悪い」とひどく叱られたことがある。雪江の言うには、あったかいご飯も熱い味噌汁も、それぞれに美味しいものをごちゃまぜにして食べるとは何事か――というのである。しかし浅見としては「美味しいもの同士をまぜるから、いっそう美味しさが倍増するはず」と思うのだが、浅見家では大奥様の意見は絶対なので、あったかいご飯に味噌汁をかけて食べるのは、浅見の夢の食事となったのだ。

食事に関しては色々と煩《うるさ》い。ものを食べながら喋ってはいけないし、食事中、新聞を読むのも御法度《ごはっと》。しかし、そう躾けられても、三十三歳の今に至っても浅見は、パン屑をこぼして注意をされっぱなしである。

辛辣《しんらつ》・雪江語録

誰に対しても怖いもの無しの雪江が、次男坊に放った遠慮がない言葉を集めてみた。

○軽薄さが……

「殿方はいつまでも軽薄であってはなりません」

「きわどいところでお世辞を言うものではありませんよ。あなたはその軽薄さが欠点です」

「光彦、あなたってどうしてそう、肝心なときにくだらない冗談を言うの?」

「そういう、人様の不幸を笑い物にするものではありませんよ。だいたいあなたは……」

○浅見家は……

「浅見家はお国とともにあることで、暮らしをたててきた家柄です。かりそめにも、お国のなさることに批判めいたことを言うなどは許されません」

「あなたには、いまさら大きなことは期待しようとは思いませんけれど、せめて浅見家の恥になるようなことだけはしないでちょうだい。いいわね光彦」

○刑事局長の弟なら……

「お兄さんの恩に仇《あだ》で報《むく》いるようなことだけはしないでちょうだい」

「お黙りなさい。陽一郎さんは、そのくらいのことは先刻承知しています。それより、あなたこそ、日本中の刑事さんの頂点に立つ陽一郎さんの気苦労の万分の一でも理解すべきなのです。そうして、警察のご厄介になるようなことだけはしないでちょうだい。いいですね。光彦」

「一日経てば、それだけ捜査が難しくなることぐらい、光彦には分からないの？　門前の小僧さんじゃないけど、刑事局長の弟なら、少しは勉強なさい」

「光彦、警察批判はお止めなさい」

○生意気おっしゃい……

「生意気おっしゃい。そういう大きな事を言えるのは、ちゃんと一人前の生活ができるようになってからです」

「ばかおっしゃい。どうしてわたくしが息子の恥を宣伝しなければならないの。あれですわよ、悪事千里を走ると言うでしょう、いつの間にか、人様の耳に入るものなのです」

○男子たる者……

「何をボソボソ言っているのですか？　男の子はハキハキ物を言いなさい」

「おや、なにも、文句を言っているわけではありませんよ。男の子はむやみに詫びるものではないの。だいたい光彦、あなたは二言目にはすみませんなどと軽く言うけれど、男子たる者、そうむやみに頭を下げるものではないの。詫びを言うときは一死をもって償《つぐな》う覚悟でおっしゃい」

「男の子はみだりに涙を見せるものではありませんよ」

○そんなことも知らないの……

「おや、光彦は物書きの端くれだとか威張っているくせに、そんなことも知らないの？　少しは勉強しなさい」

「ばかおっしゃい、あなたなんかと比較されたくありませんよ。それより光彦、すぐに調べなさい」

○不可解です……

「何を言ってるの、気楽なものですよ。ほんとにあなたは、いくつになっても気楽な子だわねえ。何を考えているのか、不可解そのものですよ」

「光彦はどうしてそういう、悪いほうへ悪いほうへと頭が回るのかしらねえ」

○沈思黙考も……

「沈思黙考も一時間を超えると、我が国では睡眠と呼ぶのだけれど」

○食べ物のこととなると……

「ほらほら、ものを食べながら何か言うのは止めなさい、パン屑がこぼれるじゃありませんか」

「ほっぺにご飯粒がついていますよ。そこじゃなくて……いやだわねえ、いい歳をして」

「(食べ物のこととなると)あなたは嗅覚だけは確かなのね」

「お土産なんかどうでもいいの。あなたはどうしてそう、食べ物のこととなると記憶力がいいのかしらねえ」

○コソコソして……

「あら、江田島《えたじま》へ行ったの？　ちっとも知らなかったわねえ。行くのなら連れていってくれればいいのに。まったく、あなたって子は、むかしからコソコソして、変な人ですよ」

「愛想のない子だこと」

○やらかしたの……

「とぼけるのはおやめなさい。島根県警から問い合わせがありました。浅見光彦はそちらに住んでいますか、というご挨拶でしたよ。よっぽど、そういう人物は存じませんと答えたかったけれど……。いったい何があったのですか？　笑って誤魔化《ごまか》そうとしても、そうはいきませんよ。陽一郎さんも、光彦が何かやらかさなければいいが——と心配していました。どうなのですか、やらかしたのじゃなくって？」

「嘘おっしゃい、どうせまた何か、警察に調べられるようなことをしたのでしょう。分かっていますよ。あの刑事さんがコーヒーに手をつけずに帰ったのは、あなたに気を許していない証拠です。まるで容疑者に対するようにね」

「このところ秋田へ行ったり、また昨日から静岡県ですって？　何をしているのか知りませんけど、妙なことに巻き込まれているんじゃないでしょうね」

○狙うなら……

「呆れたわねえ。あなたの追及を逃れるためにわたくしまで一緒に消そうとしたっていうことですか？　冗談じゃありませんよ。狙うなら光彦だけにしておいていただきたいわ。

そんなとばっちりはごめんこうむります」

事件は御法度《ごはっと》

いつのまにか、事件に首を突っ込んでいるような次男坊を、雪江はどうみているのだろうか。

○座敷牢《ざしきろう》行き

次男坊っちゃまが事件に首を突っ込んで、探偵モドキの所業をしていることは、母には勿論、浅見家では御法度である。そうでなくても、浅見のように出来の悪い息子は座敷牢にでも入れておきたいと思っている雪江のことだから、もし探偵モドキの所業をしていることが母に知られたら、「座敷牢にぶち込まれる」どころではなくなると、浅見は日頃から恐れているのである。だから、浅見はいつも、母には内緒で事件を追う。事件のことなど家の連中には絶対知られてはならないのだ。

○警察庁刑事局長の弟

立場上弟たる者、警察の捜査に首を突っ込んでいるなどと、言ってはいけない事になっている。名探偵・浅見光彦の獅子奮迅《ししふんじん》の働きも、母に言わせると、単なる売名行為で事件解決はすべて兄の陽一郎の手柄になってしまう。

しかし、水上流宗家の事件を調べた際には、多少譲歩した意見であった。

「つまり正義を行おうという訳ね。いいでしょう、分かりました、存分になさい。ただし、注意しておきますけれど、陽一郎さんに頼ることはいけませんよ。事件の謎を解きたければ、あなたひとりの力ですることです」

母の慧眼《けいがん》には浅見も脱帽するほどで「兄さんの率いる、日本の優秀な刑事さん達ですからね」と浅見が言うと「ふん」と鼻先で笑ってお見通しの意見を述べる。

「そういう見え透いたおベンチャラは言うものではありませんよ。光彦の本音は、どうせ警察の捜査は高が知れているとでも思っているのでしょう」

まことにお説ごもっともで、浅見も舌を巻いてしまう。光彦の本音など、母にとってはとっくにお見通しというわけである。

○釘《くぎ》をさす

隅田川で花嫁が行方不明になった事件に、浅見が興味を示すと「興味と親身とは、天地の開きがあるでしょう。人様の不幸を、面白半分でつつくのはお止めなさい」と釘をさす。釘をさすのは雪江ばかりではない。近所の平塚神社で事件があった時は、「光彦は必ずノコノコ出掛けていくに違いありませんからね、陽一郎さんから釘をさしておいて下さいよ」と朝食の席で陽一郎にも言っている。

○野次馬根性と妙な才能

浅見の野次馬根性には相当警戒しているふしがある。

『耳なし芳一《ほういち》からの手紙』という、列車で起きた妙な事件の時のことである。普段慎《つつ》ましい兄嫁・和子が、珍しくニュースで報じられた事件に関心を示して「光彦さんがその列車に乗り合わせていらっしゃればよかったのに」と言うと、母の雪江はすかさず「よくありませんよ」と眉をひそめて嫁をたしなめている。

「そうでなくても、光彦は野次馬根性がありすぎるオッチョコチョイですからね、もし乗り合わせでもしたら、早速、よけいなチョッカイを出すに決まっています」「たしかにこれまで一つか二つ、警察のお役に立つようなことをしたかもしれませんが、それは偶然のこと。それよりも陽一郎さんに迷惑をかけることのほうが何倍も多いのです」とまくし立て、和子が、陽一郎も浅見には妙な才能があることを認めていると言うと、「妙な——でしょ。ほんと、それはわたくしも認めるわね。本当に光彦は変わった子ですよ」と溜息をつく。

○落ち着かない

吉良《きら》へのお供を仰せつかって母と行動を共にした時は、珍しく褒められている。

「光彦を見直しましたよ。あなたは、ただ面白半分に、探偵ゴッコにうつつをぬかしているのかと思ったら、それだけではないのね。関係者の身の上まで思いやっているのは、なかなか立派なことだわ。これからもそういう姿勢でよい行いを積んで行くことだわね」と言われ神妙に頷《うなず》いたが、そのように聖人君子のごとく褒められると、浅見はかえって尻の穴がムズムズして困った。日頃褒められることに馴れていない身には、どうも落ち着かないものを感じてしまうのである。

○時にはお小遣いも

最近では雪江も浅見の才能を認めてきているのか、たまに気を利かして旅費を出してくれることもある。

京都の崇道《すどう》神社にかかわる事件の際には、事件に関係しているのではないかと、疑われて、思わず「関係ありません」と答えてしまう。しかし、その後の電話でばれてしまう。

「どういうことなの。あなたさっき、事件とはまったく関係がないと言ったでしょ。その舌の根も乾かないうちに京都に行くって。そうやってわたくしを騙《だま》して。いいかげんなことばっかりおっしゃい」と詰め寄られて、言い訳しながら逃げだし、「光彦」と叫ぶ声を背にさっさと居間を後にする。

しかし、これは浅見の勇み足であった。雪江は旅費をあげようと思って呼び止めたのである。幸い玄関を出るとき須美子から旅費を手渡され、その金一封を捧げ持って、家の中の母がいると思われる方向に向かい最敬礼をしたのである（崇徳《すとく》伝説殺人事件）。

○捜査を依頼

米穀《べいこく》通帳が発端となった事件では「あなた、この事件をお調べなさい」と寝ぼけ眼《まなこ》の次男坊に、母が新聞記事を突きつけてきた。このような状況は浅見にとっては、思いも寄らぬ珍事である。日頃から浅見の探偵ゴッコを忌み嫌い、事件に首を突っ込みたがる次男坊を、浅見家のアキレス腱のごとく思っていた母である。

その恐怖の母が「事件を調べなさい」と言ったうえに三万円もの小遣いまでくれた。これは天変地異でも起きなければいいがと思いながら、ひそかに浅見はほくそ笑んだものである（沃野の伝説）。

また、違う事件で浅見に捜査の依頼をした時は「捜査費用」が嵩《かさ》むばかりだったので露骨に嫌味を言っている。もとが締まり屋だから、後になって（妙なことに手を染めた）と後悔し始めたに違いない。

浅見から見た雪江

○兄弟の扱いについて

兄には大人として、浅見家の誇りとして、尊敬を込めた相手として扱うが、弟の自分には、いつまでも子供扱いする点が、浅見には不満である。そういう母の露骨な差別と蔑視に浅見も時には寂しい思いをする。もっとも、刑事局長の弟が警察の厄介になったのではシャレにならない。そんなことになったら、賢兄の足を引っ張る愚弟に対して、「また陽一郎さんに迷惑をかけて」と雷が落ちるに決まっている。

母としては兄を面倒に巻き込むようなことはしたくないに違いない。ましてや自慢の長男・陽一郎が、国会でガラの悪い代議士連中に吊し上げられるなど、我慢の限界を超えている。しかもその原因が、次男坊・光彦の書いた売文だったときては、烈女・雪江の憤怒のボルテージが上がらないわけはない。

「あなたは、どうして陽一郎さんを悩ますようなことばかりするのです？　あのひとは、今が大切なときなのですよ。いずれは警察庁長官になる身分に、キズがつくことにでもなったら、どうするつもりですか？」と母から雷を落とされる。

しかし、だからといって浅見はそんな母の扱いに対して、兄を羨《うらや》んでばかりいるかといえば、そうとも言えない。

「ばかおっしゃい、陽一郎さんにも責任はあるのです。あのひとには日本全体のことを考えていただかないと困るのです」という母の、過大な期待を担う兄を、気の毒にも思う。

もしこの母が死んだら、死亡記事は「刑事局長の母」というだけでニュースになるのだろうか、などとつい浅見もさみしい発想をしてしまうこともある。

○苦手な存在

浅見にとって、雪江はこの世で唯一最大の苦手な存在であり、この世の中で最大の天敵であり、母の一睨みが恐ろしいという。何か言いたいことがあっても、反論だの疑問だのをはさめる相手ではないのだ。

いつも息子の意表をついて出現するので、いきなり声をかけられると、不義密通を見つけられたようにギョッとなる。酔って帰るなど、もってのほかである。

「男子たる者、門を出る時も入る時も、毅然《きぜん》としていなければならない」というのが浅見家の家風であるらしい。家にいて父の乱れた姿を見たことはない。もしかすると、父も今の自分とおなじように母の叱責が怖かったのではないかと、思うことがある。

母に乱れた姿を見られては具合が悪いので、酔いを醒まして帰ろうと思い、夜道を歩いたために、あわや殺人事件の容疑者にされるかという、とんでもない目にも遭っている(佐渡伝説殺人事件)。

また、鳥羽《とば》署から問い合わせなどをされて、「浅見家の恥さらし」の罪状がまた増えたかと思い、当分家に帰りたくない心境になってしまったこともあった。

いつも子供っぽいといわれ、口うるさいのは天下一品の恐怖の賢母であるので、探偵の才能が認められて他人からお褒めの言葉など頂戴する時は、「今の自分を知ったら母はどう思うだろう、こんな颯爽《さっそう》とした自分を見せたい」と思ったりする。

○立つ瀬がない

染井霊園で母が死体を発見してしまった事件では、次男坊を探偵として雇う。その言いぐさがすさまじい剣幕なので浅見は辟易《へきえき》している。

「あなたは商売にならない仕事はしたくないと言いたいのですね。(中略)いいえ、そうに決まってます。だから警察も商売だなんていうことを遠回しに……。いかにもあなたらしい姑息《こそく》なやり口ですよ。分かりました。報酬を差し上げればいいのですね。結構よ、わたしが依頼人になりましょう。いいえ、もう何も言いなさんな。あなたの規定にしたがって料金を支払います。必要なら旅費も前払いしましょう。その代わり、そうと決まったら、事件解決までいっさいの仕事は断って、探偵業に専念なさい。よくって、これは雇い主としての業務命令です（津和野《つわの》殺人事件）」

また、城崎温泉にお供したときは兄ばかりを褒めるのに辟易している。

「いいわねえ、温泉に入って、美味しいものを頂いて……この歳になってこんな幸せが味わえるなんてねえ。それもこれも陽一郎さんのお陰ですわよ。感謝しなくてはいけませんわね」と言われ、浅見は相づちを打ちながらも（やれやれ……）と浮かない顔になる。

ここまで来て、兄の存在価値を再認識させられたのでは、立つ瀬がない。そんな浅見に付け足しのように雪江が宣《のたま》った言葉が次のセリフである。

「でも、今回の旅は光彦にもお世話になったわね。どうもありがとう」

○ごもっとも

「光彦、そこにお座りなさい」と母に言われれば、なんの話かわからなくても、とりあえず謝っておけば、大抵の場合無難に切り抜けられる。そこで、浅見は何はともあれ「すみません」と言うことにしている。

「すみませんて、あなた、また何かしでかしたのですか」といわれてはじめて「じゃあ、違うんですか」となる。まったくもって情けない。「ばかばかしい。男の子はむやみに頭を下げるものではありませんよ」とかえってお目玉を貰うハメになってしまう。そこでまた「すみません」が出てしまうのである。母の雪江は嘆かわしいといった表情で頭を振るばかりである。

浅見の母に対するモットーは、常に従順であること、「お説ごもっとも」で逆らわないこと、叱られる前に謝ること、である。

○限りない愛情

そのように常に浅見の頭を抑えている雪江であるが、ただ一度、旅先で事故に遭い、記憶喪失になったことがある（讃岐路殺人事件）。

その時はさすがの猛母も、まるで幼女のような、あどけなさをみせて、浅見はふっと悲しくなったものだ。日頃の雪江の猛女ぶりを知る浅見にとって、母の瞳から、聡明さや気迫のようなものが失われて、不安だけが溢《あふ》れているなどという光景は信じられなかったに違いない。

しかしそのような状態になっても、他人が見れば「泰然自若《たいぜんじじゃく》としていて、ちょっと見には異常が感じられない程です」というところなどは、雪江の日頃培《つちか》っている精神力というものが、こういうピンチになって威力を発揮するものであるようだ。

帰りの飛行機の中では、突然脇の浅見をしげしげと眺め、「そう、あなたがわたくしの息子なのねえ」と極めて満足げな表情で言った。これには浅見も面食らって、驚いている。記憶喪失の中で相手が誰かも分からないのにお世辞を言うとは思えないので、ひょっとすると、母の潜在意識の底には、わが次男坊に対する限りない愛情が眠っているのかもしれない——と思い浅見は、なんだか照れくさいような、涙ぐみたいような気分になって大いに困った。

しかし、そのような状態は一週間程で無事元の雪江に戻った。母からお小言を言われながらも、浅見は嬉しくて、この母親がボケたり、死んだりして、その憎まれ口が聞けなくなる日が来るのかと思うと、つくづく親孝行しなきゃと、殊勝な気になっている。

その事件の最後では光彦の運転で荘内《しょうない》半島まで行くことになり、雪江は、ハンドルを握る息子の横顔を眺めながら、いつも頼りないと思っていた次男坊が、妙におとなびて、頼もしく見えたらしい。

○頑迷固陋《がんめいころう》は進行性

母の頑迷固陋は進行性で、年々症状は重くなるが、そういう母を基準に世の中を見ると、変貌のスケールがよくわかると思うのだ。「観測の定点のようだ」とは浅見の友人・堀ノ内の言葉である。あまりの猛女ぶりに、「女性ではない」とまで浅見は言う。

ある時テレビニュースを見ていて母が、「叩き込まれた教育など、真実の前にはもろいものです」と言ったときは、日頃、頑迷固陋だとばかり思っていた母が、ひどく偉大に見えて、亀の甲より年の功という言葉を思い出す。

そのあと、雪江は浅見にジャーナリストとしての姿勢を訓戒したのである。

「光彦、あなたもジャーナリストの端くれならば、ああいう邪推専門の評論家のようにはならないことね。物事は真っ直ぐ見ればいい場合が多いのです。外見はどんなに曲がりくねっていても、複雑な壁に妨《さまた》げられていても、真っ直ぐに見通す眼力さえ養っておけば、真実は見えてくるものですよ（日光《にっこう》殺人事件）」

この時ばかりは浅見も「はい」と素直に頭を下げて、母の卓説に敬服している。

「シートベルト着用義務は、生命保険会社の陰謀で、死亡事故が減れば保険会社は支出がグンと減るから」という珍説を母がぶち上げたときは、浅見は感心したものである。よくもまあ、そういうひねくれた発想が、即座に湧いて出るものだと。この分では、母親は当分、もうろくしそうもない、と妙な安心を得た。

また、母のことを考えたとき、自分が母親について驚くほど何も知らないのを発見する。その時に、浅見が思ったことは、自分の母ばかりでなく、女性の多くは、嫁に行くときには、それまでの人生で得たデータの半分は切り捨ててしまうのではないかということである。子供は母のその部分しか知らないわけで、逞《たくま》しそうに見える母親が、もしかすると、本当は繊細で涙もろい人間かもしれないし、たおやかで、いかにも世間知らずに見える母親でも、いざとなれば世の荒波に抗するシンの強さを持っているのかもしれないのだ、と思うのであった。

雪江は一旦言い出したらきかない頑固者で、それでいて、繊細にして誇り高いときているので、誠に扱いにくい困った女性であると浅見は思っている。泰然自若として、槍が降っても死体が降っても身じろぎ一つしそうにない所も凄《すご》いと思う。

そして、浅見が常日頃、母を偉いと思う点は、どんな場合でも公平なモノの見方をするところである。

○美しい母

そのように母を評価する浅見であるが、では、どんなときの母が好きかといえば、生け花をしている母が一番好きだという。ちなみに雪江は生け花を始めて六十年にもなる達人で、週に一度、家中の花を活け替えるのが雪江の仕事になっている。

十二畳の客間に油紙を敷いて、縦長の花瓶を正面に据えて、ほぼできあがった作品に、なお手を加えようとしている母の姿を見て、浅見は一番美しい姿だと思い、あざやかなものだと思う。美しいものをより美しく見せようという心根が、知らず知らずのうちに、その人自身をも美しく見せるものかもしれない、とも思うのである。

そんな母と一緒に、母が活けた生け花も好きである。自由奔放にのびのびしていて、ものごとに囚《とら》われない自然な感じがいい、と思う。雪江は浅見に「あなたもお茶やお花をすればいいのに。そうすれば少しは落ち着きも出るでしょう。お嬢さま方とのお付き合いもできて、良縁に恵まれるかもしれなくてよ」と勧める。「その気になったら手ほどきをして上げましょう」と言う母に、「その節はお願いします」と一応答えている。

今のところ、お弟子は嫁の和子とお手伝いの須美子の二人だけのようだ。

雪江から見た浅見

社会的にはそこそこ認められるような働きをしているつもりの浅見でも、雪江の次男坊を見る目はなかなか厳しい。

○本業について

ルポライターなどといっても、年中家でゴロゴロしていて、半分遊んでいるのと変わらないヒマジン、と思っている。

「ジャーナリストのはしくれです」と浅見が自己紹介すると、横から「何がジャーナリストなものですか。ただの雑文書きですよ。出版社の便利屋みたいなものです」と、手厳しいことを言う。

しかし、仕事先に対する浅見の態度には厳しいチェックが入る。あるとき、浅見が電話を切った後に「勝手なゴタク並べやがって」と思わず言った言葉を、母に聞かれてしまったから大変。とたんに背後から叱責の声が飛んだ。

「光彦さん、なんですか、その言葉は。かりにもあなた、お仕事を頂戴している出版社の方でしょう。そのお方に対して、なんという口のきき方です。電話を切ったからいいというものではないでしょう。ようは精神です。お仕事を賜《たまわ》る方に対して、日頃から感謝の気持ちが欠如していることが、ついつい、そういう下品きわまる言葉を言わせるのです」

そんなオーバーな——と思いながらも反論ならず。恐る恐る、「知識のないことで頼まれても……」と言うと「知識がないことを恥じるべきです。知らなければお調べなさい。お手当を戴きながらお勉強ができるなどとは、この上ない幸せと思わなければならないはずです」と、またこれがもっともな言い分であったので、ごもっとも——と頭を下げるほかなかった（日光殺人事件）。

ことほど左様《さよう》に浅見には万事につけ手厳しいが、次男坊を紹介するのに、人様には「文学のお勉強で、まだ所帯も持たずに励んでいる」などと言う見栄っ張りなところを見せる。

○三十三にもなって

いい年をして居候の身分に甘んじているのが、母にすれば歯がゆくてならないらしい。浅見家はとっくに長男・陽一郎夫婦の代に入っている。したがって、雪江としても、出来の悪い次男坊がいつまでも長男の家に厄介になっている状況には、常日頃、心苦しく思っているのだ。浅見の顔を見さえすれば、家を出たらどうか、嫁をもらったらどうかと、要するに出て行けがしのご託宣があるし、ふた言目には「独立を」と、まるでアフガンのゲリラみたいなことを言う。そう言いたくなるのも無理はないし、またいくら叱咤しても一向に効果の上がらない歯がゆさは、悩みの種である。

次男坊の行く末が心配で死ねない、とも漏らしている。「わたくしはまだ当分は死なないつもりですよ。いいえ、死ねないというべきだわね。その理由は光彦、お分かりね？」

○焦《じ》れったい

「男女七歳にして」の精神が厳《げん》として存在しているので、浅見の交際にも煩《うるさ》い。女性から電話があると「どういうご関係の方？」と聞いてくる。

三十三にもなっていまだ独身の次男坊を訪ねてくる女性には並々ならぬ関心を示す。妙齢にして美形の女性となると、すべて次男坊の結婚の対象として考えるのが、習い性になっている。用もないのに紅茶を運んできたり、ひいてはそのまま応接間に居着いてしまって会話に加わってくる。

高額の花瓶を買わされたときなどは、甲斐性もないのに高い買い物をしたと言って、「あの娘さんに、上手く乗せられたというわけかしらね。若い娘さんにお上手を言われて、すぐその気になって……困ったものです」とくさしている（城崎《きのさき》殺人事件）。

しかし、女性に対する次男坊の焦れったい行動について、「だいたいあなたは、折角のご縁があっても、気づかないで素通りしてしまうような、唐変木《とうへんぼく》なんですから」と言い、またあるときは「あなた他人事《ひとごと》のように言うものではありませんよ。あなた自身のことなのよ。おとぼけもいい加減になさい。あんないい娘さんがおひとりでいるなんてこと、そうそうありませんよ。あなたもいっぱしの男なら、少しはその気になったらどうなの。ほんとにじれったいったらありませんよ」といたたまれない様子だ。

「初恋なら何度も」ととぼけたことを言う次男坊に、「あら、ばかおっしゃい。初恋を何度もなんて。あなたはいつだってそうやって、人をはぐらかすのだから。それで一度も実ることがなかったの？　おやおや、なんて情けない……そんなことでは、永久に、ちゃんとしたお付き合いなんかできませんよ。まず、当分、結婚どころではないわねえ」と結論めいたことを宣う。

○自動車だけは立派

浅見がソアラ・リミテッドを五百万円も出して購入したのが気に入らない。ことあるごとに「あんな立派な車を買う資金があるなら、アパートを借りて住むくらい、造作もない」とか「大した仕事もしていないで、道具ばかりにお金をかけるようなのは、ろくな事ではない」と言われる。本当にそうなので、浅見には反論の余地がない。

城崎に行った時はレンタカーのファミリアを見て、「こじんまりして、なかなかいい車じゃないの。あなたもね、この程度の車がちょうど身分相応なのですよ」と嫌味を言っている。

もっと嫌味たっぷりの言い方で言われたのは、親戚の大学生・緒方聡《おがたさとし》が訪ねてきた時である。「もったいぶらないで、さっさと案内してさしあげなさいな。そうね、そういうことなら、光彦にも務《つと》まるわね。運転技術のほうはともかく、自動車だけは立派。ソアラってご存じ？　分不相応なお高い車に乗っているの（薔薇《ばら》の殺人）」

しかし、そのように貶《けな》しているソアラに乗って、次男坊の運転で旅をしているのだから、雪江もソアラそのものは気に入っているらしい。

○ヘッポコ作家のせい

新婚旅行の土産を持って訪れた堀ノ内に挨拶するときの雪江は、両手を膝の上に置いたまま、真っ直ぐ伸ばした背を軽く前に倒す程度のお辞儀で済ませている。堀ノ内夫婦が畳に両手をついて最敬礼しているのと対照的である。

それでも一家を成した堀ノ内には「ご立派になりましたわね。やはり、ちゃんとしたお仕事に専心なさっている方には、いつのまにか毅然とした風格が備わってくるものです」と讃辞を述べて、次男坊をジロリと目の隅で睨むのを忘れない。

浅見の友人の中で蛇蝎《だかつ》のごとく嫌われているのは、軽井沢在住の作家、内田康夫である。彼こそが、当家の次男坊を「名探偵」と煽《おだ》て上げた張本人で、次男坊が探偵ゴッコにうつつを抜かし、警察庁刑事局長である兄陽一郎の宸襟《しんきん》を悩ますようになったのは、すべてあのヘッポコ作家のせいだと信じている。

だから母は、内田の帰る後ろ姿を冷たい目で見送って、「あのお方とは、なるべくお付き合いしないようになさい」と宣うのである。そして、あれほど好きだった軽井沢へは、例の小説家が住んでいるというだけで、近年は出掛けようともしない。

○本心は

文句は言うが、それでいて結構浅見の才能をちゃんと承知していると、兄から母の心情を聞かされたことがある。

ある世話焼きのおばさんが、浅見に縁談を持ってきたとき、うっかり「光彦さんでも」と言ったら、「でもとは何です、でもとは」とひどい剣幕で怒っていたそうだ。

身内にしてみれば当然の事かもしれないが、雪江は他人から次男坊を貶されると面白くない。どんな子であれ、我が子であれば可愛いのは情の本質である。

浅見家が檀家の世話人を務めてきた寺の住職には「まだ要職どころか、まともな仕事にも就かず、嫁探しさえ独りでできないような体《てい》たらくで、取り柄といえば、暇を持て余しているくらいのところです。とても人様のご用は勤まりませんし、まかり間違えば兄の足を引っ張るようなことをいたしかねません」と言っていながら、その住職から「陽一郎さんは光彦さんの探偵としての才能に敬服している」と聞かされ、頬骨の辺りがむずがゆくなる。しぜんに微笑みが浮かんでしまう。

やはり、光彦のことを褒められれば嬉しいにきまっている。母親としては当然である。ましてや、秀才の陽一郎が、浅見家のお荷物のごとく言われている光彦の才能を、ちゃんと認めてくれたのである。そのことが、雪江は嬉しくて仕方がなかったのだ。だからといって「探偵ゴッコ」だけは認めるわけにはいかない、という点が、雪江の頑固で融通《ゆうずう》の利かないところである。

○光彦は誰に似たか

兄・陽一郎が父親似であることは万民《ばんみん》の認めるところである。それに引き替え、光彦はいったい、誰に似たのであろうか。

「母さんに似たんじゃないの」といえば、「冗談じゃありません。わたくしはもう少しましです」と言われてしまう。「じゃあ、母さんの好きな先代の幸四郎《こうしろう》に似たのかもしれませんね。いわゆる胎教《たいきょう》というヤツです」と逆襲すると、まんざらでもないらしく、口では「ばかおっしゃい」と言いながら、嬉しそうである。そんな母の顔を見ていると浅見は、本当に母は精神的不倫をしたのではないかと思えてくる。

また父・秀一の親友の三宅譲典《みやけじょうすけ》に言わせると、光彦は母親似ではないかという。「光彦くんの繊細な感性は、まさにあなたの芸術的な才能を受け継いだものと思っております」と言われて雪江は相好《そうごう》を崩す。

少女時代から歌やダンスの才能があり、中年になってから始めた絵画も評判がいい雪江なので、「芸術的才能」と言われると他愛なく喜んでしまう。

浅見に降りかかった無理難題

母にヒマジンと思われて、便利屋のようにこき使われ、自分でも損な役回りだと思う。しかし、母の命令に「NO」と言えないのが、浅見のマザコンと言われる所以《ゆえん》でもある。

○行きなさい

「光彦さん、わたくしの名代《みょうだい》で、佐橋先生の陶芸展に行きなさい」と突然のご託宣がくだったのは、天変地異が続いたある日であった。場所が新宿の京西《けいせい》ホテルで高層ビルであることが、母自らは行きたくないと言う理由である。（それはないよ）と泣きたい心境であったが、母親の命令が出た以上は服従するしかない浅見であった。母の恩は海より深く高層ビルよりも高いのである。（佐用姫《さよひめ》伝説殺人事件）

○お供しなさい

「城崎へ行きます。お供しなさい」と突然母の命令が下って、浅見は面食らった。こんな風に一方的に我が儘《まま》を言い出すとは、この母親にも老いが忍び寄ったかと、悲しい思いに浸った。なんのことはない、理由は、「志賀直哉《しがなおや》を読んだから」というものであった。

なぜ旅のお供に次男坊を選んだかというと、「いくら元気そうに見えても、わたくしはもう、それほど若くはありませんからね。もし万一の場合、光彦のような頼りない人でも、いないよりはいたほうがいいでしょう」ということらしい。旅費は全部持ちます、と言いながら、フルムーン切符を使うと言われ戸惑う浅見であった。

陽一郎も浅見の災難には同情的で、城崎から警察庁に電話を入れた際には、「どうだ、大変だろう」とねぎらいの言葉を掛ける。浅見は母親のお守りを「大変です」とも言えずに「はあ、まあ……」と曖昧に答えている。

○予約しなさい

ある日突然、蒲郡《がまごおり》と伊良湖《いらご》のホテルを予約しなさいと母から命じられる。すぐに手配しますがいつの予定ですか、と聞くと「あなたの都合のいい日を選びなさい」と、判断に窮する答えが返ってきた。

「光彦の都合に合わせると言っているのよ。ヒマジンのあなたといえども、曲がりなりにも人様からお仕事を戴いている身分なのだからして、わたくしの勝手というわけにもいかないでしょう」

「それは、あの、どういう意味で？……つまりその、どうして僕がそこにでてくるのでしょうか？」

「ああそうそう、それをまだ言ってなかったわね。蒲郡には、あなた、お供しなさい、いいわね」

「えっ」と驚いていると「迷惑なの？」と言われてしまい、即座に「いいえ、とんでもない。いつだって喜んでお供します」と答えてしまうところが、浅見らしい。

これが悪夢であることを念じながら、恐怖の母とアベック旅行するという情景を想像しただけで、浅見はいっぺんに憂鬱になってしまった。

しかも、母の言い分では「光彦へのご褒美」だそうで、どうせご褒美をくれるなら、せめてソアラのローンの一回分でも肩代わりしてくれた方がどれほどハッピーかしれない、などと思うが、思っただけで口に出せるわけがない儚《はかな》い希望であった。（三州吉良《さんしゅうきら》殺人事件）

○お訊《き》きなさい

「光彦、あなた、和子さんにお訊きなさい。いいわね、上手にね」と有無を言わせぬ「天の声」がくだったのは、雪江が、兄嫁・和子に異変を感じたときのことである。

若奥様が何かに悩んでいる様子を察知して浅見に最初に相談したのは須美子であった。「お袋には内緒にしておこう」と言い合って二、三十分後に母から「ちょっといらっしゃい」と奥の座敷に呼び出されたのである。さすがに勘のいい雪江、とっくに異変に気づいていたのである。初めは生け花の自慢だの、庭木の手入れだのの話をしていて、いきなり「光彦、あなたはどう思いますか」と訊かれた浅見は、「はあ、なかなかいい枝振りだと思いますけど」とすっとぼけてしまう。

「何を言っているのです。わたくしはそんなことを訊いているのではありませんよ。あなたは勉強はダメだけど、勘だけはいい子だと思うから訊いているのです」

わたくしには怖いものなどありません、と言いながら、長男の嫁の憂鬱の中身を知るのは、怖いらしい。そのことを浅見に言い当てられて、命令口調で言ったのが最初に挙げたセリフである。何も怖いことのない母親にも怖いことがあるのかと、浅見は感心した。

しかし、「お訊きなさい」といわれても、浅見にとっては十三歳も年長の義姉の気持ちを傷つけずに訊き出すのは、かなり難しいことである。色白の美しい義姉の姿を思い浮かべただけで、尻込みする気持ちのほうが先に立ってしまったのであった。（箱庭《はこにわ》）

○探しなさい

アメリカに行っていた妹の佐和子《さわこ》が突然帰国するというので、浅見家はそれぞれ様々な思惑に包まれる。中でも浅見にとっては由々《ゆゆ》しき事態になりそうな嫌な予感がするのであった。

陽一郎は「しばらく遊んでいればいい」と寛大な考えで、和子も「佐和子さんなら、才能がおありだから、帰っていらっしゃればあちこちから引っ張りだこですわ」ときわめて楽観的だ。

手厳しいのは雪江で、この家に居候が二人もできてはたまらないといわんばかりに「いいトシをした若い者が、遊び暮らしているなんて、ろくなことにはなりません」と言って、浅見に「あなたは顔が広いのだから、佐和子のお仕事を見つけなさい」と命令が下ったのである。「楽できれいでお給料のいいところ」という条件付きである。

勿論、浅見にそのような甲斐性があるとは思えないので「僕なんかより兄さんのほうが付き合いが広いし、力があります」とご辞退申し上げたのであるが、「いけません、陽一郎さんはそういう下らないことに地位利用をしてはならないの。あなたが面倒を見なさい。いいわね」と念押しまでされてしまった。

下らないことは次男坊に——という、浅見にとっては、まことに理不尽な発想であるが、雪江ご本人はちっとも気づいていない確信犯だから始末が悪い。

しかし、この騒動は佐和子の帰国話がチャラになったことで、一件落着となったのである。（記憶の中の殺人）

浅見のささやかな逆襲

いつも従順な浅見でも、してやったりということもあれば、ひそかに母に反逆していることもある。

○お亡くなりになってみたら……

「こうしてみると、わたくしでも、死ねば少しは懐《なつ》かしがってくれる人がいてくれるものかしらねえ」と言う母に「勿論です」と力強く浅見は言う。「本当なの？」と聞く母に答えているウチに、「嘘だとお思いでしたら、お亡くなりになってみたら」と言いそうになり、あわてて言葉を飲み込んでいる。

○ほくそ笑んで……

母の行きずりの人物が殺されたことから、母の依頼で事件に関わった『朝日《あさひ》殺人事件』では、浅見はうまく母を操っている。

旅先から家に電話を入れて「被害者の足取りを調べている……」と言った時のことである。

「光彦、そういう警察の捜査のお邪魔になるようなことは、金輪際《こんりんざい》お止めなさいって言ったでしょう」「しかもお菓子もないの。とにかく、いますぐ帰っていらっしゃい。お話はそれから聞きます。よくって？」と、いつもの母のお小言が続いた。

その最中に浅見は、「じつはですね、朝日がぞろぞろ出てきたのですよ」と口を挟み、「朝日のことをもう少し調べて帰ろうと思ったのですが、帰ります」とおとなしく言ったとたん、「お待ちなさい」と母は浅見のワナに填《はま》ってしまった。

「男の子は、一旦やりかけたことを、そんな風にあっさり投げ出すものではありませんよ。あなたの気紛《きまぐ》れは、いくつになってもちっとも改善されていないのね。朝日がぞろぞろ出てきたのなら、どうして残りの朝日も調べてみようという気にならないの。何年かかってもいいから、最後まできちんとしてから帰っていらっしゃい」

その言葉に最後のだめ押しのように浅見は旅費が底をついているとほのめかす。

「情けない……たかがお金のことぐらいで、志《こころざし》を屈したりしないの。仕方がありません、送金して上げるから、ホテルが決まったら電話なさい。いいわね」

この順調なことの運びに浅見はほくそ笑んで、切れた受話器にキスをしたのである。

○浅見がでっち上げた母の病気は……

警察が母親に連絡して身元調べするのを封じるための浅見の常套《じょうとう》手段が「母の病気」。効き目があるかどうかは疑問の苦肉の策だが、母に知られたくない一心で、浅見はとりあえず試みてみる。

新薬師寺《しんやくしじ》秘仏をめぐる事件『平城山《ならやま》を越えた女』では、「心配性の上に心臓弁膜症で、息子が警察にいるなんて聞いたら、ショックのあまり発作が起きて死ぬかもしれない。そうなったら業務上過失致死罪で訴える」と刑事に言っているし、四国松山の取材先で出会った事件では、「驚いてショック死でもしたら、殺人罪で告訴する」とまで言っている(坊《ぼ》っちゃん殺人事件)。

その三――浅見家の人々との関係

浅見から見た陽一郎

兄・陽一郎は、子供の頃から目から鼻に抜ける賢さで、風貌も性格も、父親を生き写しにしたような、文字通りの秀才である。東大法学部を優秀な成績で出て、上級試験にパス、エリートコースを異例のスピードで突っ走ってきた。現在四十七歳という若さで警察庁刑事局長の席にいる。

浅見はこの十四歳も年長の兄に頭が上がらない。父が死んでから、親代わりになって大学まで面倒を見てくれたことに対する引け目は、おそらく一生ついてまわるだろう。そんな陽一郎を浅見はどのようにとらえ、見ているだろうか、検証してみたい。

○兄の立場

母親に気を使い、妻の立場も考慮し、と、あっちこっちに気を使わなければならない跡《あと》取り息子としての辛い兄の立場に浅見は同情する。

日頃は自慢の長男として母から扱われているが、一度、えらい剣幕で兄が叱られたことがあって、「すわっ、天変地異か」と浅見を仰天させた事がある。陽一郎が叱られるところなど、三十三歳のこの歳まで、見たこともないし、想像すらしたこともなかった。兄は浅見家の誇りとして、浅見一家の象徴的存在そのものなのだ。

日頃の雪江は、陽一郎に対しては一目も二目も置いて、まるで将軍に仕える春日《かすが》の局《つぼね》のように控えめな物言いをする。その母が、深夜帰宅した兄が居間に入るのを待ちかねたように、頭ごなしに叱りつけたのだ。これが異変でなくてなんであろうか。「警察は何をやっているのです!」雪江の半オクターブ高い声に「は、申し訳ありません」と兄は反射的に頭を下げた。怒りの原因は長崎市長が右翼の暴漢にピストルで撃たれた事件であった。

「あのような者どもをどうして放置しておくのですか! ああいう不逞《ふてい》の輩《やから》が国を誤らせるのです。それればかりではありませんよ。国民の皇室に対する純朴な尊敬の念や親しみを踏みにじることになるのです。むしろ、あの者たちこそが、拳銃で撃たれて死ねばいいのです」

さすがにこの暴論は兄も黙っていられず、両手を広げて押しとどめるような恰好になった。「お気持ちは分かりますが、彼等といえども基本的人権は憲法によって保障されているのですから」

「そんなことはあなたから言われなくても、百も承知です。だけれどね陽一郎さん、右翼の宣伝カーのあの馬鹿げた騒ぎ、あれは何ですか？　あんなものをどうして排除できないのですか。機動隊だか何だか知りませんけど、むやみやたらに人数だけ駆りだして、ただズラッと並んでいるだけで、まるで右翼の行進に花をそえているみたいなありさまではありませんか。もし、あれが右翼でなく、学生が同じように車を連ねて、拡声器でガーガーやりながら行進したら、警察はそのままにしておきますか？　しておかないでしょう。それが右翼だと、どうして許してしまうのです？　そう言う甘やかしが今度の事件の源《みなもと》になっているのですよ……」

　延々と熱弁をふるった後、とうとう母が涙ぐんでしまって、熱弁が途絶えたので、ようやくみんな呪縛《じゅばく》から解き放されたように動き出したものだ。

　浅見は母の怒りをぶつける対象が右翼だったことに、我が目を疑うほどのショックを感じた。このときも兄はさすがに優等生的優しい答えを返している。

「まったく、お母さんのおっしゃるとおりですよ」と母に言ったあと、浅見と会話しながらも母の横顔を見つめて次のように言った。

「私はお母さんのお怒りを、ありがたいことだと思うよ。お母さんくらいの年代の女性が、国家の問題についてきちんとした意見をおっしゃる国なんて、世界中にもめったにあるものではないと思うのだよ」（三州吉良殺人事件）

○狡猾《こうかつ》な兄

【例1】光彦が容疑者扱いされ、地元署に連行されたとき。

署長に「なお若干《じゃっかん》の事情をお訊きしたい」と言われ、「若干と言わず、今後、事件が解決するまで、弟を署長さんの支配下に委《ゆだ》ねます」と宣言する。

「兄のわたしから言うのもなんですが、彼はこれで、なかなかの名探偵であります。きっとお役に立てるでしょう」

この采配には浅見も舌を巻いた。容疑者としてではなく、捜査協力という形で警察にいる分には事情聴取されようと、取調室に押し込まれようと、外聞の悪いことは何もないからだ。（佐渡伝説殺人事件）

【例2】父親の醜聞を楯《たて》に兄の陽一郎が威《おど》しを掛けられたとき。

浅見をひそかに書斎に呼んで、狼狽《ろうばい》振りを露呈する。浅見家の危急存亡の時を救うよう懇願するが、事件が終わってみれば、ちゃんと兄の計算どおりことが運ばれて、何のことはない、自分は兄の掌中で暴れ回っていたに過ぎなかったと、思い知らされる。この時浅見は、ガックリきたのである。兄の苦衷《くちゅう》を救ったことで喜んでいた自分がピエロに見えたのではないだろうか。（竹人形殺人事件）

【例３】体制側から浅見が探偵を依頼されたとき。

浅見ですら推測できることを、消息通の兄が不審を抱かないはずはないという事態に到ったとき、「よせ、何の証拠もない」と言い訳する。

「証拠ですか。証拠を探す努力もしないで、ですか？　前回も、今度の場合も、警察や検察が機能しないのはなぜなのですか？　重要人物が死んで、それでも警察は動きませんか。そんなことじゃいったい、誰が動けばいいのですかねえ……」

浅見は自分でも呆れるほど、えげつない悪態をつきながら、兄の「狙い」に気がつき、ふと恐怖を覚え愕然とした。

兄は誰かが動くのを待っているのだ。浅見には思いもつかないような、遠大で陰湿な「狙い」をもって、事態の推移を見守っている。弟には「動くな」と言いながら、尊大なライオンに飛びかかる痩《や》せ犬の登場を、瞳を凝《こ》らしてじっと、待っているのだ。

その瞬間、兄は犯罪者になる——そのことに気づいて、浅見は体が震えた。（江田島殺

人事件）

【例４】事件を明るみにせず、しかも犯人を処罰するという意向を示したとき。

「連中を見逃していささかも恥じるところはないのですか」と詰め寄る浅見に、「見逃しはしないよ」と陽一郎は冷ややかに言ったものだ。そういいながら逮捕はしないと言う。それではどうするつもりだと、言いかけて浅見は、兄の陰気な表情に愕然とする。

瞼《まぶた》が重く垂れ、一見眠そうな顔に見えるが、それは目を通して心の中を読まれないためのものに違いない。（そういうことなのか……）と結論を引き出し、浅見はこの冷酷さが警察のものであって、兄自身のものでないことを祈りたかった。

しかし後になって浅見は、この件で、更に兄の狡猾《こうかつ》さを思い知らされることになる。警察庁刑事局長からの指示で「すべて浅見の指示を待って行動せよ」という命令が出された。この隠密裡《おんみつり》に犯人を「処理」しようとする一件を浅見に委ね、その号令を浅見に掛けさせようというのだ。（狡猾なものだ……）と呆れる以上に浅見は怒りを覚えて、現場にいた特命捜査官に喧嘩腰で言ったのである。

「僕はごめんですね。冗談じゃない。誰が死刑の執行人になんかなるものか（鬼首殺人事件）」

○兄の嫌いなところ

「正義を貫《つらぬ》くことに忠実であるといっても、国家の秩序を揺るがしたり、社会不安を惹起《じやっき》したりするのは、国家機関である捜査当局に身を置く者としては、取るべき態度ではない」とするのが陽一郎の考えるところである。

かつて数多《あまた》の疑獄事件が、捜査では核心を衝《つ》いていながら、最終的にはウヤムヤになったのは、すべてそういう論理によっている。そのつど、捜査の責任者である兄は、ジレンマに陥り、苦悩を強《し》いられてきたことになる。浅見にはそういう兄の苦衷がよくわかるが、浅見の自由人としての感覚はそれを許せない。

浅見にとっては、国家や社会など本来、知ったことではない。それより、非道を行った鬼のような犯人を許せないだけなのだ。そんな浅見に向かって兄が言った「正義感もいいが、暴走だけはしないようにしてくれ」という言葉に、イヤな感じを受ける。

浅見は兄のそういう部分は好きになれない。ほかはすべての点において、一目も二目も置いている兄だが、体制側に拠《よ》って立つあまり、庶民感覚とのズレは修復しがたいものがある。それは人間としてもっとも大切なものを犠牲にしているともいえ、浅見はある意味で、気の毒なことであると思うのである。

そんなときの兄は、本来の兄ではない。「国家」とか「法秩序」とかいう巨大なものの重圧に打ちひしがれている、気の毒な高級官僚でしかないのだ。ようするに浅見は、いつまでも庶民感覚を持ち続ける兄でいて欲しいのだ。

もう一つ浅見の好きになれないところは、兄の職業的無表情である。何事があっても表情一つ変えない。兄は、心臓に釘が刺さっても顔色を変えないのではないかと浅見が思ってしまう程だ。役者のような、能面を思わせる顔だと思う。エリートとはそういう顔をしなければならないとしたら、気の毒でさえある。普段、尊敬している兄ではあるが、極度に職務に忠実で融通が利かないところがあって、浅見は気に入らない。

また、現在論議されている問題——例えば安楽死などで、身内同士で議論をしても、決して本心を明かさないところが兄にはある。公私混同しない兄の主義は分かるが、せめて自分の前では、本心を隠さなくてもいいんじゃないか、と浅見は、大いに不満であり、兄の好きになれない部分のひとつでもある。

○兄は石頭

浅見も関わっていた事件で動きがあっても、いっさい口外しない。毎日顔を付き合わせている弟の自分に、一言も話してくれなかった兄というのは、どういう精神構造をしているのだろう——と改めて浅見は兄に驚かされる。そして出した浅見の結論は「兄はエリート中のエリートか、さもなくば狂気の素質の持ち主に違いない」というものであった。

大学時代の友人・漆原宏《うるしばらひろし》が殺された保全投資協会の事件では、差し支《つか》えない程度でいいから、捜査データを見せて欲しいと言うと、「差し支えない程度なら新聞発表を読めばいいだろう」という答えが返ってきて、どうしてこう石頭なんだろう、と浅見は呆れてしまった（漂泊の楽人）。

捜査データを見せてほしいと頼む弟に対して、兄の言い種《ぐさ》は、「あまり感心したことじゃないが、しかしまあ、聞くだけは聞いておこうか」というものである。それに対して浅見は「捜査方針が適切を欠くと、せっかくのデータも宝の持ち腐れに終わってしまうことがままあるものです」と辛辣《しんらつ》な反論を試みる。

すると兄は「そういう言い方には名誉毀損《きそん》か恐喝《きょうかつ》罪が適用できないものかな」と苦笑しながらも翌日の夜には現在までの捜査状況を網羅した書類を手渡している。浅見に指摘されるまでもなく警察の捜査を信じ切れないでいる、警察幹部としての苦渋が窺《うかが》える。

この様子を見ると、陽一郎は浅見が言うほど石頭ではないように思える。そうはいっても、自宅のリビングルームでは、たとえ家族がいなくても、事件関係の話はしないという、エリート官僚の節度をまっとうする姿勢を崩さない陽一郎である。

しかし、口の堅い石頭の兄を、脅したりすかしたりして、必要なデータはたいがい手に入れてしまう浅見の手腕には驚くばかりである。あくまでも、「きみの知る必要のないことだ」として冷たく言い放つ兄に、浅見は恐喝まがいの言い方をしたことがある。

「驚いたなあ。兄さんはいったい、僕と何年一緒に暮らしているんですか。少なくとも義姉《ねえ》さんより長くひとつ屋根の下に住んでいるのに、まだ僕の性格が分かっていないみたいですね。兄さんがだめだと言ったって、それで諦めるような僕ではないことぐらい……いいですよ。自力でやるっきゃない」

これには兄の陽一郎も思わず「ばかな……それはだめだ、危険だ」と口走ってしまった。

「危険？……ふーん、そうなんですか。だったら教えてくれませんか。早い遅いの差があっても、どうせいずれは事実を掴むことに変わりはないのだから」

あわれ陽一郎さんは、浅見の術中に塡《はま》っていくのであった。

○水臭い兄

珍しく兄が光彦相手に警察の立場を大演説したあと、書斎に籠もって一人、あちこちに長時間電話していたことがある。

通りすがりに、たまたま書斎から廊下に現れたときの兄の顔が、いかにも消耗しきった――という感じなのに気がついて、浅見はギョッとした。二人きりになることはあまりないので、そのときにそれとなく声を掛けてみた。

「捜査の進捗《しんちょく》が思わしくないのですか？」

しかし、兄は岩のような表情で、「何の話だ？」とさり気なくかわすと、クルッと背中を見せて行ってしまった。このとき浅見は（水臭い――）と思ったのである。あれだけ腹を割って自説を吐露した兄であるのに、いまさら頑《かたく》ななポーズをとるとは、兄の気がしれなかった。エリートにはエリートの責任も使命感もあるのだろうけれど、独りで全世界を背負って立つような思い込みをしなくても良さそうなものを――と寂しい気がしたのである（透明な遺書）。

○兄の直通電話

警察庁刑事局長である陽一郎の元に通じる直通電話をホットラインと言い、この番号を知っている人間は警察内でもそう多くはない。それを陽一郎は浅見に内々で教えている。何かことがあると、浅見が兄に連絡を取れるようになっている。

しかし、一人の人物の所在を確かめる作業など刑事局長たる兄に依頼するのは、いくら兄弟の関係とはいえ、やはり気が引けるものである。

また、自宅の書斎にもホットライン用に電話が一台置かれていて、警察庁と直結している。家の中では誰にも使わせていないが、緊急だと言ってその電話にかけるよう浅見に指示したことがある。極めて異例のことであった。

また、ある件に関して独自の調査を依頼され、しかも分かったことは警察にではなく、兄に逐次《ちくじ》連絡するようにと言い渡される。これも意外なことであった。「いろいろ事情があってね」と兄ははにかんだような言い方をした（博多殺人事件）。

刑事の頂点に立つ、外に向けた厳しい表情も好きだが、微妙にゆがんだような笑みを浮かべたときの、兄の人間味溢れる顔も、浅見は好きである。

○兄に対する意地

「浅見雪江会長の息子さんは、刑事局長をしていらっしゃる……」と言った薫泳会の小《こ》林《ばやし》朝美《あさみ》の言葉が頭をよぎり、浅見家の男子といえば陽一郎を指すのであって、それ以外には男子はいないがごとく運営されてきた浅見家の扱いに、こだわっている自分を、浅見はいまさらながらどうかしていると思う。小林朝美にいいところを見せたい——という、子供じみた欲求にとりつかれて、そのときばかりは、兄の助けを求める気にはなれなかった（天城峠殺人事件）。

若い女性から「お兄様は何をなさっているの？」などと聞かれると、兄が警察庁刑事局長だなどとは、金輪際言《こんりんざい》いたくないのである。そんな時は「国家公務員」と応えることにしているし、あまり突っ込まれないウチに話題を変えることにしている。

そんな日頃の鬱憤《うっぷん》をはらす浅見のストレス解消法は、兄の前で、体制批判をして困らせることである。「官僚たる者は、たとえ家族や身内だからといって、みだりに体制批判などしてはならない」というのが、浅見家代々の家憲となっている。兄はその家憲をみごとに守っていて、兄の前で現職の法務大臣の悪口を、いいたい放題ぶちまけても、ニヤニヤ笑うだけで、反論も迎合もしないのであった。

居間でテレビを見ていて暴力団の銃撃戦が報じられたときは、「こんな下らない事件は関心を抱くどころか、見る気も聞く気もしない」と言って兄にたしなめられた。

「興味本位で事件を見ているきみには、警察関係者の労苦は分かるまい。誰にしたって、事件捜査を好《す》き好《この》んでいる者はいないよ。ときには目を背けたくなるような悲惨な現場もあるし、自分自身が生命の危険に晒《さら》されるような事態にも直面する。それでも黙々と使命を遂行するのが、本来の事件捜査だということを、謙虚に認識することだな（姫島《ひめしま》殺人事件）」

居候としては反論のしようもない立派な兄の意見であるが、その時の浅見は敢えて言わずには腹の虫が納まらなかった。話を聞いただけで虫酸《むしず》が走るような暴力団絡みの事件であれば、警察の暴力団に対する態度の甘さを批判したくもなるというものである。

そこから始まる浅見の体制批判に対して兄は、「私の立場では、これ以上の言及は許されない」と逃げる。なおも浅見が、「上層部がそんなふうに曖昧じゃ、現場の警察官のモラルが低下するのも当然だ」とまで言うと「光彦、言葉が過ぎるぞ」と鈍く光る目でひと睨《にら》みされてしまうのだ。

○ブラコン

浅見は、東大出と聞くと、兄の顔を思い出して意気消沈する。「マザコンのうえにブラコン」と自分で言うほどで、偉い兄には頭が上がらないのである。

しかし、事件のこととなれば別で、そうそういつも兄に頭が上がらないわけではない。浅見が兄からそれとなく情報を引き出したいと思ったときのことである。浅見が質問すると、反対に「そう訊くからには、何か新しい情報をキャッチしたとでもいうのかな？」

と、問い返されてしまった。浅見は苦笑して、兄の老獪《ろうかい》さを上回るのには、こっちもそれなりにしたたかになる必要がある、と悟る。

会話の途中で兄が、たぶん部下に不満を示すときも、そうするのだろうと思われるように「ふん……」と鼻を鳴らした。しかし、浅見は部下ではないから、さほどの痛痒《つうよう》は感じないでいられる。それどころか、刑事局長が折れて、下手に出てくるのを待つ構えになる。

そして、デスクの前の回転椅子に座る兄に対して、浅見は書棚を背にして、踏み台兼用の木製丸椅子に腰を下ろした。そうすることで、浅見が兄を見下ろす位置関係になるからだ。この辺りに浅見の老獪さと共に子供っぽさも見え隠れする。

警察が自殺として処理してしまった『鬼首殺人事件』で（汚ねえことをしやがる——）と、心の中で叫ぶが、この悪態の先は究極兄に向かっているのである。

そのような悪態は居候の日常を送る浅見には、口が裂けても言えない言葉であるが、喉から先には出せなくても、心の中でならどんな悪態でもつけるし、悪態の先には警察の影もチラホラ見える。そのさらに先には兄の存在があるとなれば、悪態もつきがいがあるというものだ。

とはいえ、所詮はごまめの歯ぎしりでしかない。兄の意向に背いてまで、警察に楯突くことは許されない。せいぜい胸の中でわめいて、ストレスを解消するぐらいが関の山だ。しかし、そのように悪態をつきながらも、浅見は弟としてではなく、人間として兄の正義を信じている。日本中の官僚が不正に荷担したとしても、兄は警察庁刑事局長の責務を全うすると信じているのだ。

○兄は兄

警察署に連行されたあと、身分が警察庁刑事局長の弟だとバレてしまうと、浅見の口から「兄は兄」という言葉が出る。

「僕の兄は確かにそういう役所に勤めていますが、兄は兄、僕は僕です。事実、僕は兄の命令でここに来ている訳でもないですし、兄のために働いているわけでもありませんから」

しかし、思いがけず、警察サイドから身分をバラされて、それまで仲間意識で結束していた同士から冷たい目で見られ、あげくに好意を寄せていた女性からも「最初からご自分が探偵であることをおっしゃればいいと思います。やっぱり警察ベッタリの人間なのだと思うしかありません」と宣告されたときは、参ってしまった。警察庁のエリートを兄に持つ悲しさである。その時は彼女の理不尽を恨み、孤独なひねくれた気分におちいってしまった。

○兄のジョーク

超堅物《かたぶつ》でいつも無表情の陽一郎にしてみれば、ジョークをとばすなど、考えられないことであるらしい。浅見も兄のジョークはほとんど聞いたことがない。

あるとき、話の繋がりから「賭けてもいいです」と浅見が言うと、「ふん、ばかなことを言うと、賭博現行犯で逮捕する」と、兄にしては珍しく稚拙《ちせつ》なジョークを言ったことがある。

浅見は、「まさか事件に手を出してはいないだろうな」という言葉で始まる兄一流のユーモアが好きである。

「きみの探偵ゴッコについては、おふくろさんから厳重注意を受けているからね。警察組織の一員である私としても、きみの軽挙妄動《けいきょもうどう》は許して置くわけには行かないのだ」

「そういう思い上がりがいけないと言っているのだ。事件を解決したといっても、きみの力で解決できたなどと考えるのは間違いだ。早い遅いの差はあっても、警察の地道な捜査によっても、いずれはすべての事件は解決されるのだ。しかしまあ、あくまでも参考意見として、たまにはきみの考えを聞いてやることについては、この私としてもやぶさかではない。それで、なにか意見があるのかい？　あるなら言ってみたまえ」

兄はそう言って背を反らす。こんな風に狡《ずる》さ丸出しに尊大ぶって見せるのは、これならおふくろさんに見とがめられても、何やら兄弟仲良くしているように、あるいは兄が弟に説教を垂れているように見えて、家庭内に波風が立たないからである（記憶の中の殺人）。

○兄の七光り

兄がおエラ方であることは、浅見にとって厄介な問題をはらんでいる。何を言ってもやっても、浅見には陽一郎の影がつきまとう。親の七光りならぬ兄の七光りである。

中には「お兄様がお偉いと、いろいろ気を使って大変でしょう」などと、穿《うが》った見方をする人もいて、鬱陶しい。また偉い兄を持ったがために探偵として制約を感じることもある。刑事から「犯人秘匿《ひとく》の片棒を担ぐつもりか。犯人を庇《かば》うつもりか」と詰め寄られ、その上「警察庁刑事局長であられるお兄上の立場から言って、困ったことになりますぞ」とまで言われるとムッとする。

もっとも現実には、兄の名前のお陰で、ずいぶんと助かったことも多い。特に警察でニッチモサッチモ行かなくなった場合など、兄の名前は水戸黄門の印籠《いんろう》の如く、効能がある。

浅見局長の弟と分かって態度が一変すると、（またしても兄の七光りか）と思うが、浅見はそのこと自体はあまり気にならない。物心ついてからずっと「七光り」の恩恵に浴しているし、大学を出ても依然として兄の世話になりっぱなしなのだから、文句を言えた義理ではない。しかし本音は、そう言われるのも思われるのもいやなのだ。だから極力陽一郎の名前を出したくないし、身分を隠しておきたいのである。

せめて趣味の探偵ゴッコだけでも、のびのびとやらせてもらいたいのが浅見の希望だが、現場の刑事たちにとってはありがた迷惑であるようだ。たいてい、署長クラスの人は刑事局長にゴマスリの意味もあって浅見を捜査に関与させるが、そんな場合も浅見は極力控えめに行動することにしている。「兄の七光りで威張りくさって」などと風評をたてられたくないからだ。

○誇りとする兄

子供の頃から兄の後塵《こうじん》を拝してきた、落ちこぼれの浅見としては、そう思われるのがもっともつらい。なるべく目立たないように、兄の迷惑になるようなことはもちろん、恩恵をアテにすることのないよう努《つと》めている。

浅見は自分が脅迫者を演じたことを兄に見抜かれて、兄の慧眼《けいがん》に脱帽したことがある。そして日本警察の頂点にこの兄がいることを、誇らしく思ったのである（天城峠殺人事件）。

あるとき「あまりやりすぎると、お兄上の立場上、問題が生じやしませんか？」と刑事から動きを牽制されたことがあった。浅見は怒りがこみ上げてきて「兄がどうだというのです？　兄だって、正義を行うことに逡巡《しゅんじゅん》など要求したりしないでしょうよ」と言い放っている。兄も自分と同じ「正義」を持っていると信じ、そうであって欲しいと望んでいるのだ。

また「正義」という言葉で、浅見が失言したことがあった。ある家を家宅捜索してくれるように、兄に頼んだことがある。正当な理由がないとして兄が断ったとき浅見の口から「無茶でも何でも、正義を行うのだから、許されるでしょう」という言葉が飛び出した。兄は、きみらしくもない、と言う。

「正義は相対的なものだというのが、きみの持論のはずじゃないか。正義を行うのであれば、戦争も許されるということか」

浅見は自分の言ったことばを撤回せざるを得なかった。しかし、その時兄は、巨額不正融資の容疑で家宅捜索することを告げて、「きみは情報提供者として同行すればいい。あとは、きみが何をしようと、ひょっとして正義を行おうと、警察は邪魔はしないよ」と言ってくれたのである（喪《うしな》われた道）。

他にも頂点に立つ者として、末端の警察官に対する兄の優しさにホッとすることもある。

「真剣に職務を遂行し、犯罪の存在を確信した矢先に、何の理由もなしに『捜査打ち切り』を指示されたりすれば、その挫折感は深刻なものがあるだろう。いくら国の安寧《あんねい》のためとはいえ、そこまで許してしまっていいものか——という疑問は、やがて自己矛盾を招き、精神の混乱にさえ繋がってゆくに違いない。それはとどのつまりは、善悪の判断を混乱させ、モラルを欠如させる結果になる。警察官による犯罪の激増を、彼等個々の責任にするのは大きな誤りがあると言わざるを得ないのだ（透明な遺書）」

この兄の怒りとも焦燥ともとれる言葉を聞いて浅見は、兄が末端の警察官の心情に理解と共感を抱いていることに、安心した。

○兄のために悲しむ

あるとき陽一郎の苦悩に満ちた目の奥に、かすかな、翳《かげ》りにも似た嘲笑の色を感じて、浅見は愕然とした。兄の複雑な心の襞《ひだ》を読んだのである。

政治家が法の網を潜《くぐ》り抜けるようにして金を集める方法は、すでに犯罪と呼ぶべき性質であるし、本質的に潔癖性である兄が、政治家たちのあくなき金への執着を、反吐《へど》が出そうなほど嫌いであることも明らかだ。そういう政治家たちに対抗するべき若き英才たちは、ほとんどが「エリート」としてその体制の歯車として組み込まれ、やがて自らが政治の中枢《ちゅうすう》に納まってゆく。

まさに兄が歩んだのはそういう道である。潔癖性である兄が警察畑を選んだのは、世の不正を正そうとする精神があったからだ。そのためには一刻も早く、一歩でも近く、政治の中枢に迫らなければならない。下層の警察官には国家的不正を正すチャンスはほとんどないのだ。兄はその目的のために、ときには体制内部の小さな不正に目を瞑《つむ》り、無用な争いを避けて通ったことも少なくない。

だが、なんという皮肉だろう。政治の中枢に近づけば近づくほど、兄は政治の走狗《そうく》となってもっとも忠実であることを要求され、そうであるべく自らを律する立場に立たされる。もっとも不正を罰しなければならないはずの人間が、いつのまにか不正の番犬となっている――この滑稽《こっけい》な状態にある自分の立場に、陽一郎は嘲笑という翳《かげ》りを浮かべたのだ。

このとき、浅見は生まれて初めて、兄のために悲しんだのである。この馬鹿げたパラドックスをまるで道化のように演じている兄がかわいそうでならなかった。（江田島殺人事件）

陽一郎から見た浅見

気儘《きまま》な浅見の立場を「おまえが羨《うらや》ましい」と言う、兄・陽一郎の視点から浅見を見てみよう。

○愚弟の真価

浅見家の持て余し者という烙印《らくいん》を押され、肩身の狭い思いをする浅見家にあって、唯一陽一郎だけが、愚弟・光彦の真価を知っている。

兄は弟の類《たぐ》い希《まれ》な直感力と、時折見せる思考の飛躍に、畏《おそ》れに近いほどの驚異を覚え、（もしかすると、彼は私より数段優れた資質の持ち主なのかもしれない——）と、思うことがある。

学校の成績がよかったとか、いい就職ができたとかいうのは、必ずしもその人物の優位性を決定づけるものではない。文学的才能に恵まれながらも、数学の能力が劣っていたために、いわゆる名門校には進学できず、平凡以下の生涯を終えることになりかねない境遇であった光彦である。

皮肉なことに、彼のとことん順応性のない性格のせいで、いわゆるツブシのきかないことが逆に幸いして、平凡な道すら歩ませなかったのであり、私立探偵としての才能を認められるようになったのである。

そのように考えると、陽一郎は、浅見の非凡さを思わないわけにはいかない。警察庁のエリートコースを突っ走る陽一郎でも及ばない、得体の知れない天才がこの弟に潜んでいるのだ。

「スタンダードに育った優等生は、あまりにもばかばかしい発想には知恵が回らないらしい」と浅見が思うように、陽一郎に欠けているのは柔軟な発想ができないことである。

しかし、弟に一目も二目も置いている陽一郎の真意は、当の浅見には皆目《かいもく》分かっていない。

○優秀な弟

兄は警察幹部としても、弟の探偵の才能には一目おいていて、「なかなかの名探偵」と思っているし、家族にこそ言わないが、まわりの者に「優秀な弟」として自慢していることが意外なところから浅見自身の耳に入ることもある。陽一郎は警察官の頭がいささかフレキシビリティに欠けることを認め、浅見の正義感を理解してくれる。

だからといって、この兄は警察官を蔑《ないがし》ろにするようなことはしないのである。いつだか、浅見が「事件の輪郭《りんかく》が見えてきた。二、三日中にははっきりすると思う」と陽一郎に言うと、「ほう、強気なことを……しかし、現場の連中にはあまり大きなことは言わない方がいいね。警察の捜査は地道なものだ」といって、現場の刑事たちの苦労を察している。

旅先から警察庁に電話を入れると、また事件に関わって警察の捜査にチョッカイ出しているのではないかと兄に言われて、さすがに情報ネットワークの中心にいるだけあってごまかせないと、浅見は感心する。

弟の探偵業は趣味同然で気儘な男だとは思うが、迷惑を被《こうむ》りながらも、何かと浅見の力になってくれる。浅見の行動によって、たとえ苦しい立場に立たされても、「困った」などとはおくびにも出さない。実際はそうとう憂鬱な状況下にあっても、事件を追う浅見に

「最後までやれ」と励ますこともある。

そんな陽一郎も、浅見の動きすべてを、諸手《もろて》をあげて賛成している訳ではない。時には弟の動きを封じ込めたいときもある。そんなときは「民間人を捜査に参加させる訳にはいかない」という常套句《じょうとうく》を持ってくる。「ウロウロされては迷惑だ」とも言う。

警察は浅見のように単刀直入《たんとうちょくにゅう》というわけにはいかない様々な事情がある。面倒な手続きや、時には政治的配慮などというものも考慮しなければならない。それを「特権階級べッタリの姿勢」と言われるのは、陽一郎にとっては苦々しい思いがするようだ。「無責任なアマチュアには何とでも言えるだろう」と言う兄の意見ももっともである。

「僕は言うだけではなく実行しますよ。真相を暴《あば》いて、不正を糺《ただ》します」と激する弟に、岩のような表情で陽一郎が言ったことがある。

「それは許さないよ。今後いっさい、この事件に関わることは許さない。これは命令だ。いかなる理由があろうと、絶対に手出しはするな。これ以上の説明を私に求めるのは止めろ。いいな光彦」と、陽一郎は浅見が今までに見たこともないような、恐ろしい目で睨んだのである（箱庭）。

○弟の性格

兄から見た光彦の性格は「バランス感覚がいいが、自分を貶《おとし》めて僻《ひが》んでみせるところが欠点である」という。

また何もかも知っていながらハッキリと断言しないところは、「まだ甘い」と陽一郎は言いながらも、「それが私と違う、きみのいいところだね」と褒めてくれる。そんな何でもお見通しの兄の視線にであうと浅見は（かなわないな）と苦笑する。

書斎にて

○密命

兄の書斎に呼ばれる時は、なにか秘密めいた用件がある場合に限る。それも大抵は捜査の難問を抱え、弟の知恵を借りたいという内容のものが多いのだ。

「これは、私の独り言として聞いてもらいたい」と相談され、警察庁刑事局長・浅見陽一郎の密命をおびて探偵として動いたことがあった（軽井沢《かるいざわ》殺人事件）。

浅見にとって、兄の苦衷を救えるならば、これほどの会心事はないのだ。引き受けるといって、互いにじっと見つめ合った時、兄の目には、感謝ではなくむしろ憐れみとでも呼ぶべき感情が宿っているように浅見には見えた。それは、浅見が少年だったころ、ものかげから、叱られている弟をじっと見つめていたときの目と同じ目だった。

○教育的指導

書斎に呼ばれるときは「相談したい」という言葉とセットだが、「相談」の内容はたいがい「教育的指導」と「注意」と相場が決まっている。しかし、たまにであるが、本当に「探偵」としての相談のときもある。が、図に乗って「警察はまだ、事件の本質に気付いていません。正直言って、遅れています」などと言うと、「私の勤務先の悪口は言ってもらいたくないな」と釘をさされてしまうが、陽一郎が弟を頼もしいと思っているのも事実である。

浅見が書斎に呼ばれるのは、何かヘマをした場合、と思いこんでいるのは雪江と須美子である。帰宅早々に須美子が出迎えて言った言葉が「だんな様が書斎でお待ちですよ。坊っちゃま、また何かなさったんですか?」というものだった。なぜ、須美子がそう思うのかというと、「むずかしいお顔でしたから」だという。

○討論

あるとき、前日に浅見が陽一郎に頼んでおいた資料を、渡してくれたことがあった。その際にも陽一郎は「言うまでもないことだが、この資料をどう使うにしろ、絶対に外部に持ち出すようなことはするな」と、一応釘をさしている。ニコリともしないでそう言ったきり、何に使うのかなどと、問いただそうともしない。

この兄の態度を浅見は図りかねている。（よほど自分を信頼しているのか、それとも大したことはしないだろうと見くびっているのか）ともあれ、尊敬できる兄だと思う浅見であった。

厳密に言えば、自分の行為は犯罪に近い公私混同であることを、兄は充分承知の上で浅見に資料を渡したのである。そして、たとえ弟であっても、民間人である一個人に警察が、捜査対象になった市民のプライバシーを漏らすなどということが、許されるはずはない、と言い切っている。これ以上は要求されても何も渡せないということであろう。

浅見の警察批判の論文が雑誌に発表された時にも、「どっちが正しいと思うのですか？」と詰め寄る浅見に、「きみは民間人だから何をしようと自由だが」と前置きし、正しい正しくないというよりも、民間人と警察の立場の違いであると説いている。

「警察組織や警察官は、つねに○か×かで仕分けされなければならない宿命を負っている。もしきみの主張が正しいとすれば、県警の判断が誤りだったことになり、重大な責任問題に発展するだろう。逆に、きみの論文がまるで見当はずれであったとしても、きみの責任が追求されることはあり得ない。このケースでは、名誉毀損で訴えられる理由もない（透明な遺書）」

○オフレコ

兄の要求がある場合だけではなく、浅見の方に用事がある場合も、二人で書斎に籠もる。珍しく酒気を帯びて帰宅し、「疲れているから風呂に入って早く眠りたい」と言う兄を強引に書斎に誘ったこともある。兄に対してそのように強引な態度に出るのは、生まれてこの方初めてのことであった。その時は、長い時間睨み合った末に、兄の陽一郎が根負けして「絶対オフレコで頼む」と情報を提供している。

また、浅見の意見は無茶なことが多い。役所勤めなどしたこともない浅見には、正論を振りかざしてそれでよしとする傾向がある。

ある時も、「もう一度事情聴取をやり直して下さい」と兄に頼んで「できない相談だな」とそっぽを向かれてしまった。

「なぜですか？　兄さんの立場なら、何でもないことじゃありませんか」。権力をかさにきて、物事を押し通すなど、日頃浅見の嫌っている行動のはずである。それを兄に要求するのは、根底に「正義を行うなら」という気持ちと、兄への甘えがあるのかもしれない。この時兄は、役所勤めの本質を諄々《じゅんじゅん》と説いて聞かせる。

「冗談を言ってもらっては困る。役所には命令系統があって、それを飛び越すような真似は、組織の秩序を乱す越権行為になる。第一、現場の作業にいちいち刑事局長が口出しするようなことになったら、刑事はもちろん、直属の課長や署長、県警の部長といった、中間にいる管理職連中はたまったものじゃない。著《いちじる》しくモラールを低下させることになりかねないだろう（若狭殺人事件）」

それでも浅見は食い下がる。末端の刑事の仕事に対してトップが関心を寄せていると知れば、捜査員個々のモラールアップに繋がる、という理論を吐いて、兄から「屁理屈を言ってもだめなものはだめだね」とはねられてしまう。

○兄弟喧嘩

本来浅見兄弟は、兄弟喧嘩をしようにも、年齢が開きすぎていて、兄は弟の相手ではなかったし、それどころか親代わりに扶養されてきた相手であったので、ふつうの兄弟喧嘩など出来ようはずもなかったのだ。

だが、浅見が自分の欠落した記憶を追った事件では、珍しく険悪な雰囲気になり、浅見の反抗心が止められないことがあった。

兄の口からは「やめろ光彦！」と鋭い怒声が発せられ、「もういい、止めたまえ」と部下を叱るような口調までして、唾《つば》を吐きそうな不快感をあからさまに見せた。

「卑怯だ、兄さん、卑怯だよ」「だってそうじゃないですか。肝心な疑惑の部分にくると、高圧的に押さえ込もうとするんだから」と反抗心を露《あら》わにする浅見であったが、兄の「きみは知っているんじゃないのか」という問いかけに、ぐらぐらと自信が揺らいでいく。

結局は兄嫁・和子の「お風呂の用意ができています」という言葉で、喧嘩は終了となった（記憶の中の殺人）。

その他の家族

○父・秀一との関係

帝国大学出身で、内務官僚の時雪江と結婚。戦後は大蔵省に勤務し、主計局長まで務めたが、次官を目前に五十二歳の若さで急逝した。「国家を動かすのは大蔵か内務だ」というのが持論で、陽一郎もその言葉に従った道を歩いている。父が死んだとき浅見は中学生だった。

浅見にとって父は遥か遠い存在であった。偉大な兄のさらに上に存在する、浅見にとっては「泰山の如く偉大」な人であった。

父の記憶と言えば、厳格だったことばかりが先に立って、その人間像は浅見にはひどく曖昧なものでしかない。父のことは、母や兄、父の友人の三宅譲典、そしてばあやなどから聞く思い出話を通じていつの間にか、自分の体験のように認識している部分がほとんどである。

偉大な父、偉大な兄、そして矮小《わいしょう》な自分——という図式がつねに浅見の脳裏に焼き付いていて、それを打破することなど、思いも寄らなかった。三宅に就職の世話を頼みに行って、鰻《うなぎ》を御馳走になったとき、三宅から父が浅見に一目おいていたことを聞かされた。「おやじさんは『光彦には、おれや陽一郎にない才能がある』と言っていた」という三宅の言葉を聞いたとたん、浅見は癌《がん》を宣告された小心男のようなショックを感じたのである。生きると言うことの偉大さを知ったと言ってもいい。

兄と違い、三流大学をやっとこ卒業したものの、就職もままならない——という最悪の時期であった。コンプレックスの塊のように、生涯、役立たずだと思っていた自分を「才能がある」と認め、期待してくれた人間が、少なくとも一人はいたという事実に感動した。

しかも、その「一人」があの、コンプレックスの原因そのもののような存在である父であったのだ。

浅見はそのとき、鰻をつつきながら、ポロポロ涙を流した。父親のためではなく、ついさっきまでかわいそうだった自分のために泣いたのだ。

○兄嫁・和子との関係

陽一郎の妻・和子は浅見家の大奥様・雪江によく仕《つか》え、居候である義弟・光彦にも優しい、「できた嫁」として浅見家を切り盛りしている。

二十五歳の年の正月に浅見家のカルタ会で陽一郎と知り合い、六年のロマンスを経てから結婚した。浅見は、六年も待ち続けた和子に感心する。浅見が二人の恋愛関係を知ったのは、十八歳の浪人生の頃である。兄が夜な夜な居間の電話を独占して何やらひそひそと、深刻そうな会話を交わしているのを見て、さすがにのんびり屋の次男坊も（怪しい……）と気付いたのである。

おっとりしていて、聖心《せいしん》女子大出の才媛だが、「春季皇霊祭」を「思春期高齢祭」と勘違いして「それは思春期に長生きするようにお祝いすることですの？」と、雪江に対してとんでもない受け応えをすることもあるが、浅見の目から見ても、二児の母として、浅見家の嫁として申し分のない女性に見える。

浅見に対する評価は「光彦さんは、事件にさえ関わらなければいいひとなんですけど」と探偵業には否定的意見である。これも本当は雪江にならっているのかもしれない。

十三歳も年上で賢くて、如才《じょさい》が無くて、色白の美人である義姉の和子は、浅見にとってはまぶしい存在である。

その義姉から探偵を頼まれたことがあった。その依頼話が平塚亭でデートという次第になったのは、「有閑マダムと若いツバメ」などと世間から誤解を受けないためのものである。

うだつの上がらない居候次男坊に「引っ張りだこの光彦さんにお願いするんですもの、これでは足りないでしょうけれど、ごめんなさいね」と本当にすまなそうに、頬をバラ色に染め、小首を傾げるようにして、十万円のへそくりで頼み込んできたのである。ああ、この義姉さんのためなら何でもしてあげちゃう——と浅見の心に誓わせてしまう威力が和子にはあった（箱庭）。

○甥・姪との関係

甥の雅人《まさと》はいつまでも家にいる「光彦おじさん」に、「居候って何？」などと聞いて、浅見を困らせることもある。初めは浅見も、和子が暗に言わせているのかと思ったこともあるが、どうやらご近所のおばさんたちの口から聞いてきたらしい。

雅人が笹飴にかぶりついている姿を見た雪江は、「光彦の子供の頃にそっくりね」と感慨深げである。

姪の智美《さとみ》は高校生になり、時には事件好きな面を見せたりする。光彦叔父さんの影響をうけたかどうかは定かではない。智美が通う学校の飯島弘《いいじまひろし》先生に関する事件を探るよう、浅見に頼んだこともある。

○妹・祐子《ゆうこ》の存在

『後鳥羽伝説殺人事件』という浅見が探偵としてデビューした事件の起きた、八年前に亡くなっている。卒業論文の取材旅行中に奇禍《きか》に出合った。当時二十一歳で浅見のすぐ下の妹であった。

○妹・佐和子《さわこ》の存在

『後鳥羽伝説殺人事件』で、ただ一度、妹として報告されただけで、その後、ついぞ事件簿に名前が出たことがなかった妹である。祐子の妹で、浅見家の末っ子である。

いつまでも実家を出られないでいる兄・光彦と違って、さっさと、海外生活をしてしまうような、行動派の女性で、現在ニューヨークに住んでいる。

一時、佐和子の帰国の噂が流れたときのことである。浅見にとっては、居候の既得権を主張したいような、家を出なければいけないような、微妙な立場になってしまった。そのとき交わした一連の母との会話の後半部分のセリフを、浅見はある種のショックをもって受け止めている。

「正直に言えば、わたくしだって佐和子が帰ってくるのは嬉しくないことはありませんよ。でもね、この家に婚期が遅れた者が二人も同居しているのは、世間様から見て、あまり好ましいとは言えないでしょう」そう言われて、光彦は順序から言えば自分が独立しなくちゃいけないのでは、と言うと、母の口から意外な答が帰ってきた。

「本当のことを言うとね、光彦はね、いつまでもいていいの。あなたは学校の成績はあまりよくなかったけれど、頭は決して悪くないし、何より人に優しい子ですからね。陽一郎さんはあんなふうに立派すぎる人だし、光彦がいなくなると、この家は冬の隙間風が通り抜けるような、つまらない家庭になってしまいますよ、きっと」

この時、浅見は唖然《あぜん》として母の顔を見つめてしまう。母親からこんな温かい言葉を賜《たまわ》るとは、いったいこれはどうしたことか、まさか、母親も死期が近いのでは、とまで思ってしまった。「いやだわねえ、そんなにまじまじと人の顔を見るものではありませんよ」と雪江は照れくさそうに笑って、席を立ってしまったが、残された浅見はいつまでも暖かなショックの中に浸っていたものである。

お手伝い――須美ちゃん

吉田《よしだ》須美子というのが正式な氏名である。嘘のつけない几帳面《きちょうめん》で男っぽい性格。郷里の新潟でトラックも運転したことがある男勝《まさ》りだが、内面はいたって古風で、分をわきまえている。頭が良くて浅見の長所も短所も理解している。

○「坊っちゃま」

浅見を未だに「坊っちゃま」と呼び「いいトシをして坊っちゃまでもないから、やめてくれ」と何度言われても、須美子は金輪際直す気はないらしい。

雪江に何度かやめてくれるように頼んだことがあるが、「そう言われたくなければ、光彦も独立してやっていけるようになることね」とかえって小言を言われてしまった。十年一日のごとく「坊っちゃま」と言われ続けていると、本当にこのまま、永遠の坊っちゃまで終わってしまいそうで、浅見にとっては不安なことである。

因《ちな》みに須美子は、陽一郎を「旦那様」、和子を「奥様」、雪江を「上の奥様」あるいは「大奥様」とそれぞれ呼んでいる。

「旦那様」からも「坊っちゃま」をやめるように注意されたことがあるが、「はい」とは答えながらも、須美子自身「坊っちゃま」は直りそうもないと思う。第一、それ以外なんと呼べばいいのか分からない。名前で呼んでくれ、と頼んでも、「光彦さんですか、やだあ、夫婦みたい」と顔を赤らめて恥ずかしそうにするだけで、また「坊っちゃま」になってしまう。「光彦さん」などと言おうものなら、須美子の胸は切なくて張り裂けるに違いない。「坊っちゃま」という呼び名は、当家の次男坊に対する須美子の節度を、辛《かろ》うじて保つための呪文のようなものなのだ。

○短歌の才能

あまり上手じゃない、と謙遜《けんそん》するが、少しは短歌をやるそうだ。田舎では盛んだそうで、母方の叔父が、何年か前に、宮中の歌会始に入選したことがあるというから、叔父の血をひいていれば須美子も相当筋がいいかもしれない。浅見は「坊っちゃまに短歌は似合いません」と言われてしまう。

○もどかしさ

意に染まないことがあると唇を尖《とが》らせる癖がある。須美ちゃんの不満は、ひいきの光彦坊っちゃまがいつまでも居候でいることである。

須美子はばあやと交代する際に、坊っちゃまの「偉さ」を吹き込まれたらしい。ついでにばあやは、浅見家における坊っちゃまの苦しい立場も申し送ったと見えて、須美ちゃんは、最初から坊っちゃまに同情的であった。

であるから、いつまでも坊っちゃまがもたもたしているのは焦《じ》れったいらしく、何かというと「坊っちゃまは早く立派な小説家におなりになって……」などと浅見の尻を叩くようなことを言う。近頃では雪江の口癖そっくりの嫌味を言うようになって浅見を困らせている。浅見の自立心のなさにもどかしさを隠しきれないでいる。

大奥様が「あれで光彦もなかなか頼りになるところがあるものだわねえ」と言ったときにはもう、嬉しくて大きく頷いて「もちろんですとも。光彦坊っちゃまだって、やっぱり天才の血筋でいらっしゃいます」と言っている。

ある時、浅見家を訪問した客に「浅見先生はご在宅ですか」と訊かれて、声がうわずってしまう。きっと偉くなる、とばあやから聞かされていた坊っちゃまが、やっと他人から「先生」と呼ばれるようになったのだ、と思い舞い上がってしまったに違いない。健気《けなげ》である。

「ほら、お名刺を頂きましたよ、J新聞の文化部の偉い人みたいですよ。きっと坊っちゃまに大きなお仕事をご依頼に見えたんですよ。だって、先生っておっしゃったんですもの」

○お手伝いとして

毎年盆暮れに、尊敬する旦那様へ大量のお届け物があるのが誇りである。

また、浅見が取材に早朝出掛けなければならない時など、一生懸命に世話してくれる。朝六時のモーニングコールから始まって、浅見の分だけ先に朝食を作って、あげくたまたま大雪になった日には、浅見のために玄関前の雪かきまでして浅見を送り出してくれる。

大奥様の命令でサンドイッチと牛乳をお菓子の紙袋に入れてくれたこともある。そして「お気を付けていってらっしゃいませ」と新妻のように三つ指ついてお辞儀をしている。

しかし夜中の三時に帰宅したときは「坊っちゃま、今何時だと……」と怒鳴られそうになっているが、ちょうど雪江が出てきて、さすがの須美子も言葉を飲み込んだので助かった。

夜遅く帰る浅見のために、雪江に仰せつかって風呂を沸かしておくこともあるが、大奥様の言いつけがない場合は、「お支度できましたよ」という言い方が突っ慳貪《つっけんどん》になる。しかしこれは、大奥様の手前、遅く帰った次男坊への当てつけであって、本心は「遅くまでご苦労様」というねぎらいの気持ちがあるのだ。もともと素直にものの言えないタチの娘なのである。その点を浅見は充分わかっている。

料理の腕はまあまあである。得意料理は肉じゃがで、半熟卵も得意。浅見の好物の卵をちょうどいい半熟加減に仕上げてくれる。夜中に帰ったときはお茶漬けを作ってもらうこともある。

○嫌味と恋心

浅見の朝寝坊には困っている。いっぺんで仕事が片づかないからだ。だから時には、焦《こ》がしすぎたトーストや充分に薄められたコーヒーなどを出して浅見を閉口させる。せめてもう一時間早く――というのが須美子の希望である。

「お出掛け先をおっしゃっておいてくだされば、すぐに連絡が付くんですけどねえ」とか

「夜も会社にいらっしゃるようですよ。ほんとに、みなさん、よくお働きになりますことねえ」などの嫌味は雪江譲りである。あまりに連絡しなかったために「何処《どこ》にいるんですか」と怒鳴られたこともある。

そうかと思えば、浅見の友人の村上に、間違って「奥さん」と言われて喜んだりもする。

ある時、浅見が「須美ちゃんも嫁に行ったら、少しは亭主の苦労を察してやったほうがいいよ」と何気なく言ったとき、須美子は涙ぐんで「お嫁になんか行きませんからね」とキッチンに逃げ込まれてしまった。呆れて戸惑う浅見に、兄嫁は「光彦さんには女の気持ちの機微《きび》は分かりませんものね」と言う。須美子の坊っちゃまに対するほのかな恋心に気付いているのは、今のところ和子奥様だけのようだ。

○一歩下がって

日本舞踊の発表会に浅見が招待されたときは、「ご同伴はご一名様」とあったので、須美子を誘った。「私など、とんでもありません」と真っ赤になって遠慮したが、結局、坊っちゃまのお供をすることになった。それが、須美子は本当に「お供」に徹するつもりで、道を歩いても必ず一歩下がってついてくるのには浅見も大いに困った。振り返って

「何してるんだい、並んで歩けよ」と言っても「そんな、滅相もございませんよ」と立ち止まってしまう有様。いざ会場に着いたら、招待客用の席は否応《いやおう》なく浅見と並んだ席で、須美ちゃんは晴れて坊っちゃまの隣りに座ったのである。

そのときの浅見のエスコートぶりは「こうゴテゴテ飾り立てている連中ばかりだと、須美ちゃんのシックなスーツ姿が新鮮に見えるね」と言い、周囲の派手さに気圧《けお》されがちな須美子を庇《かば》う優しさあふれたもので、須美子は涙ぐんでしまう。(伊香保《いかほ》殺人事件)

○警察アレルギー

浅見にお客があると、それが刑事であるとすぐに見破ってしまう特技を持っている。浅見はもちろん客の素性など家族に言ったりはしないし、客の方も心得ていて、身分を名乗ったりは決してしない。それにもかかわらず須美子には、相手の素性が分かってしまうらしい。

そんなときは「また何か良からぬことをなさったのじゃありませんか?」などと斜めに浅見を見つめる。

見て分かるばかりではない。電話がかかってきて「○×商事の△△です」などといっても、すぐに刑事だと見破ってしまうから、浅見は恐れ入ってしまうのである。動物的勘というか警察アレルギーというか、いくら誤魔化しても須美子だけは騙《だま》せないのである。

○名探偵の素質

浅見に関わる女性たちには異様に神経過敏で、玄関に坊っちゃまをお迎えに出たら、美少女を連れて帰ってきたので、その場で硬直状態になってしまったことがある。

電話で美人を見分けるという特技も持っていて、電話に出ると、妙に冷たい口調で、なんとなく敵意さえ感じさせる。そして「○○さんとおっしゃる、おきれいな方です」と報告する。なぜ分かるかというと、美人の場合は、名前を告げたとたん浅見の目が輝くそうで、「驚いたなあ、きみには名探偵の素質があるよ」などと言われても、ちっとも嬉しくない。悲しそうな顔をして背を向けてしまう。そのくせ用もない片づけものをするフリをして、浅見の受話器を握る手を目の端に捉《とら》えているのである。

若い女性からの電話には敏感で、性格が一変して本性モロ出しで、声のトーンが確実に五度高くなる、とは浅見の弁である。若い女性ばかりでなく、坊っちゃまを悪に誘うような悪い友達には概して応対は突っ慳貪になる。

ある時は女性ではなかったが、うっかり電話の内容を聞いてしまって、「二人だけの秘密にしてくれ」などと浅見に頼まれ、目を輝かせている。坊っちゃまと秘密を共有できるなら、到来物の松茸が一本残ったのを、丸ごと坊っちゃまに焼いて差し上げても良いと思ったりする。

見知らぬ男から電話があったときは「ヤクザみたいでしたよ、何かやらかしたんじゃありません？」と疑わしそうに言う。「ああ、ちょっとね、ヤクザの女にチョッカイ出して、ヤバイことになっている（漂泊の楽人）」などと浅見が言っても、「嘘ばっかし、そんなことが出来るひとじゃないんだから」と取り合ってくれない。

さすがに須美ちゃんは坊っちゃまのことをよく分かっている。浅見にそんな甲斐性があったら、今頃所帯を持っているはずなのだ。

○雪江と同じ

探偵などもってのほか、という雪江の考えを踏襲《とうしゅう》していて、浅見がとんでもないことに巻き込まれて、旦那様に迷惑を懸けないかと監視している。

坊っちゃまの行動を常に気に掛けていて、怪しげな電話があると耳をそばだてている。いつまでもリビングに用事があるフリをして聞いていることもある。

そんな須美子が久しぶりで帰省して、浅見家に帰る途中、いわれのない疑いを掛けられて、浅見に救出してもらったことがある。その時は、自分が原因で、坊っちゃまを事件に引きずり込んだんじゃないかと思い、相当胸を痛めたものである（伊香保殺人事件）。

○軽井沢のセンセ

坊っちゃまの友人である軽井沢在住の推理作家を軽んじて「センセ」と呼ぶ。名前を口にすると口内炎にでも罹《かか》ると思っているらしい。大事な坊っちゃまにルポライターなどといういかがわしい職を世話して、挙げ句に名探偵などと煽《おだ》てては、堕落《だらく》の道に誘い込んでいる「ヘッポコ作家」と信じている。坊っちゃまがいつまでも真人間になれないのは、「軽井沢のセンセ」のせいであると嫌っている。軽井沢から電話があって、浅見に受話器を渡すときなども、まるで汚いものを摘《つま》むようにして渡す。

この先生は「おたくのヒマジン、います？」などと須美子の気持ちを逆なでするようなことを平気で口走るところがあって損をしている。

「警察はともかく、あの軽井沢のセンセとは、あまりお付き合いなさらないほうがよろしいんじゃありませんか？」「坊っちゃまはお育ちがよろしいから、あのセンセに利用されていらっしゃるんですよ」などと、須美子はセンセに手厳しい。

○藤田編集長様

軽井沢のセンセとは対照的に、編集長の下に「様」までつけるほど須美子に評判がいいのが、月刊『旅と歴史』の藤田編集長である。女性に対してだけは妙に優しい口をきいて、「お忙しいところ、いつも恐縮ですが、浅見チャン、いますか?」とソツがない。

須美ちゃんは電話だけで、藤田に会ったことがないので、俳優の高橋英樹《たかはしひでき》のような男を想像している。なんと言っても、坊っちゃまの大切な「お得意さま」という認識があるのだ。

しかし、藤田は陰で浅見に「おっかないおねえさん」「恐怖の須美ちゃん」と言っている。そして「ああいうしっかりした女性が編集者のカミさんになるといいんだが、うちの倉島《くらしま》君のヨメにどうかな」とお誘いがかかる。そんなときの浅見の答は「須美ちゃんは我が家の至宝ですからダメです」というもので、ぜひとも須美子に聞かせてあげたい。

○浅見から見た須美子

浅見にとってお手伝いの須美ちゃんは、雪江に次いで怖い存在である。

浅見を起こしに来る声は、ただ若いというだけで全く色気に欠けるがさつなもので、ドアの叩き方は乱暴で――と、浅見にとって須美子は女性という範疇《はんちゅう》には入っていないようだ。紅茶で口をすすいでは汚いと怒られ、トーストを食べると「セーターにパン屑がついています」だの「口の脇にジャムがついていています」といちいち注意されて、「口うるさい女」と浅見には思われている。何のことはない、坊っちゃまのほうが三十三にもなって子供のような振る舞いなので注意ばかりされるのである。

「坊っちゃまの欠点は、ちっとも連絡して下さらないところです。いくら申し上げてもお直しにならないんですもの……」などとひとくさり小言を聞かされた挙げ句に「坊っちゃまは心配ばかりかけるのですから……」と涙ぐむ武器を持っているから恐ろしい。（しっかり者の女性もいいが、いちど怒らせると、なかなか許してもらえないので困る）というのが浅見の正直な感想である。

○浅見からのお土産

北海道への取材旅行の時に、つい「お土産を買ってくるよ」と調子のいいことを言って須美子を喜ばせているが、すぐに「いけません、そんな無駄遣いは」と窘《たしな》められる。目を輝かせて頬を染めたのに、居候次男坊の懐《ふところ》具合を気遣って、そう言ってくれた須美子の優しい気持ちにジンとさせられて、浅見は妙にしんみりした気分になった。

その旅行中に、浅見は須美子へ幸福郵便局から「幸福を送ります」と葉書を送っている。ところがこの葉書の消印のおかげで、一時、須美子と浅見の関係がこじれてしまったことがある（幸福《こうふく》の手紙）。

実際に須美子に土産を買ったこともある。志摩半島に取材したときは、真珠のペンダントを、松山取材では伊予絣《いよがすり》の財布を土産に買って上げた。取材先で土産を買うなどあまりない浅見にしては珍しいことである。

その四――浅見を取り巻く友人たち

浅見は人付き合いの得意な方ではないので、友人と呼べる人達はそう多くはない。「胸襟《きょうきん》を開いて、互いに相手を尊重し高め合うような付き合い方が存在するだろうか」と浅見は友人という存在に懐疑的発言をして、自分にはそういう友人は一人もいないと断言している。そんな少ない友人たちと浅見との関わりを検証してみよう。

軽井沢のセンセ

内田康夫というフルネームであるが、須美ちゃんの「センセ」という呼び名が定着して「軽井沢のセンセ」と呼ばれている。浅見と同じ町内の北区西ヶ原で育った医者の息子で、『死者《ししゃ》の木霊《こだま》』という推理小説でデビューし、今では軽井沢に住んでいる。B型で戌年《いぬどし》生まれというのは浅見と同じだが、年は相当違うようだ。一周りの違いなら四十五歳だし、二周りなら五十七歳ということになる。本人曰《いわ》く「永遠の四十八歳……」なのだそうな。

○浅見の恩人

浅見家の次男坊がいつまでもフラフラしているのを見かねて、たまたまフリーのライターの仕事を世話してやったと、事あるごとに恩着せがましく言う。

浅見が妹・祐子の奇禍《きか》にあった謎を解決したことを『後鳥羽伝説殺人事件』と題して世に出したのがキッカケとなって、今ではもっぱら浅見の事件簿を元にしては推理小説に仕立てて、印税を稼いでいる。

だから浅見家の面々からは、お手伝いの須美子にまでも、浅見家の次男坊を私立探偵モドキに引きずり込んだ張本人として忌み嫌われている。雪江にいたっては、内田からの電話だときいただけで、「あら、お彼岸《ひがん》だというのに、縁起が悪い」とそそくさと自分の部屋に引っ込んでしまう。浅見家にとっては、センセの住んでいる軽井沢は鬼門であるらしい。

○大作家

内田は浅見家の実態をあること無いこと針小棒大《しんしょうぼうだい》に書くので、次男坊の立場は益々《ますます》悪くなる一方である。もっともセンセのうっかりといい加減は、いまに始まったことではない。浅見の父や母に関する記述もでたらめが多く、父親の出自《しゅつじ》や、養子だったとか、雪江が京都の公家《くげ》の出だとか、大きな商家の箱入り娘だとか、いろいろ適当なことを書いている。

文章の巧拙は分からないが、実に正確に描写するので、何処までが嘘なのか、見分けがつきにくいのも、困ったことである。浅見の事件簿に沿ってほぼ忠実に書いていると思われるふしも見受けられて、ますます混迷を深める。

『隅田川殺人事件』では浅見の事件簿には詳細が書いてなかったようで、〔どこをどう歩いたかは、浅見とセイントの約束で、ここに書くわけにはいかない〕と誤魔化《ごまか》している し、『横浜《よこはま》殺人事件』では、多少曖昧なところを残しながら結末を迎え、〔本事件は詳しい結末を浅見が話してないので、誰も詳しいことは知らない〕などと口を濁している箇所がある。

いずれにしても、浅見にとっては様々な被害があることは事実だ。能楽の水上流宗家にまつわる事件では、浅見はまるで謡曲に詳しい人間であるかのようにオーバーな書き方をされて、後で恥をかいたと憤慨している。浅見に言わせれば、内田は事件の内容を歪曲《わいきょく》し、脚色し、興味本位の読み物に仕立てているというのだ。浅見は勿論のこと、雪江や須美子まで実名で登場させるので、世間体が悪くて仕方がない。

一度、名前を使われた女性から抗議の手紙をもらって、悄気《しょげ》ていたが、内田の場合、そういう反省はほんの一過性で、すぐ立ち直り、性懲《しょうこ》りもなく、また繰り返すのである。

また、私憤を勝手に浅見にかこつけておおげさに書く癖があって、山梨のほうとうや長崎チャンポンなどを貶《けな》している。そのたびに、苦情が浅見家に舞い込んで、手紙や電話に大童《おおわらわ》になるのは須美ちゃんである。そう考えると、須美ちゃんが、「軽井沢のセンセ」と軽んじて言うのをあながち責めることもできない。

○気のいいオジサン

事件の話を聞きたくて、軽井沢まで呼びつけておきながら、いざ浅見が着いてみると、昨日徹夜仕事だったといって、昼まで起こすなと言われる始末である。

散歩さえろくにしないという運動不足で、その運動不足から来る低血圧のため、いつも疲れたの、眠いのと愚痴ばかり言っている。

気分が高揚《こうよう》するとバカボンのパパの口調になる。都合の悪いことはすべて忘れてしまえるという体質で、普段はぼんやりした気のいいオジサンみたいな顔をしているが、仕事絡みとなると、緻密《ちみつ》で陰湿でしかも過激になる。思い立ったら猪突猛進《ちょとつもうしん》、何をやらかすか分からないようなところがあって、この点は浅見と似ている。

売れっ子作家を自称するわりには言うことがセコい、と浅見はつくづく感じている。内田に頼まれた同人誌にまつわる事件で動いたときは、「うまくすると捜査費用も未亡人が出してくれるかもしれない」などと言ったので、「交通費やコーヒー代はしっかり内田さんに請求します」と浅見は念押ししている。

その後の内田は、「高速料金とガソリン代ぐらい大したことない。宿泊費だって、ビジネスホテルなら、一泊三千円か四千円だろう？　気にしないで大船に乗ったつもりでいてよ」と、ケチぶりを発揮し、その上「若狭《わかさ》ねぇ……。まあせいぜい頑張っていい事件簿にまとめてきてよ。ちょうどカッパ・ノベルスの締切が迫って、困っていたところだから……若狭へ行ったついでに、何か事件をみつくろってきてよ」と、浅見が文句を言う気力さえ失わせるものであった。

内田にとって殺人事件の被害者やその遺族の不運よりも、それが自分の書く小説のネタになるか否《いな》かが重大関心事らしい。

○美しい友情の絆《きずな》

浅見は物書きにしては、文筆業を営む人間との付き合いが極めて少ない。浅見にとって作家は眩《まぶ》しすぎる存在だし、作家志望の人を見ると、いいかげんな姿勢で、フリーのライターなどを営んでいる自分が恥ずかしくなるのだ。

唯一内田とは腐れ縁のように、しょっちゅう顔を合わせたり、電話で話している。内田はいかにも年齢差がありすぎて友人とは呼びがたいとしながらも、浅見が心置きなく口げんかの出来るほど気心が知れている友人として一人上げるなら、きっと内田の名を上げるだろう。浅見家では不倶戴天《ふぐたいてん》の敵の如く嫌われていても、口は悪いが根は気のいい男であることは、浅見がよく知っているからである。

女性に臆病になる浅見に「お前さんは煩悩《ぼんのう》に汚れなければ、いつまでたっても一人前にはなれないよ」などと、自分の臆病を棚に上げて説教するときもある。

そんな臆病者の内田だが、浅見に対しては押しが強くて、「浅見ちゃんならできる。できますよ」と大胆な断定を下す。「僕は探偵ではない。行くのは浅見ちゃん、きみだよ。締切なんかに構っている場合じゃないだろう？　事件はきみを待っているんだよ。僕の本の読者だって、きみの活躍を期待しているんだよ、浅見ちゃん」とまくし立て、それでも浅見が「うん」と言わず、万策《ばんさく》尽きると、最後には泣き落としにでてくる。

「あ、今度は筋論でくるわけ？　浅見ちゃんと僕の仲はそういう無機質な関係だったわけか。ああ、いやだいやだ、甘かったねえ。僕は浅見ちゃんとは、不条理を乗り越えた、美しい友情の絆で結ばれているものとばかり思っていたよ。実に情けない……」

これが泣き落としだと分かっていながら、浅見はいつも内田の術中に陥るのだ。結局センセの命令を拒否できずに、従わされてしまうのである。内田には神のような超能力でもあるのだろうかと、思ってしまう。

○美人の奥さん

浅見の不満は、このようにケチでぐうたらで、普段はホラとバカしか言わないシャイな作家に、美人の奥さんがいることである。世の中は実に不公平だと思う。また、世の女性たちが何を誤解したのか、「内田先生ってお優しいかたなんですね」などと言って、憧れの眼差《まなざ》しを向けるのも面白くない。

○長者番付

内田の作品中で書かれている「売れない作家」とか「家を新築したのでローンに四苦八苦している」とかいうのは、どうも信用がならない。これは税務署の職員に対する予防策ではないかと勘ぐってしまう。

というのも、内田は『後鳥羽伝説殺人事件』を皮切りに、ことごとく浅見の事件簿を流用し、書き上げた作品数は、百冊にも届こうかというほどの勢いで増しているのである。

とうとう本人には内緒で「浅見光彦倶楽部」なるファンクラブまで作って、挙げ句にクラブハウスまで完成させて、浅見本人に招待状を出す厚顔《こうがん》振りである。

自宅には、ポッリポッリ集めたというマイセンなどの食器群が並ぶ食器棚や、プロのピアニストでもそうは持てないような高価なスタインウェイのピアノがある。

本当は「売れない作家」どころか、長者番付に載るほどなのである。その収入の幾ばくかでも、事件簿提供者の浅見に分けてやって欲しいものである。

○浅見家の主治医

内田の父親の命日はウルウ年の二月二十九日で、こういう日に生まれたり死んだりする人は、変わり者に違いないと日頃から思っている。その父親は町医者で、浅見家の主治医を務めていた。名医かどうかはともかく、口の悪い医者として、町内では知らない者がなかった。

浅見の父が五十二歳の若さで急逝したのは、父親の誤診だったのではないかと思って、一時司直の手がのびやしないかと、内田は心配したものであった。さいわい、殺人の時効である十五年になる前に当の父親が死んでしまったので、真相は闇の中である。

○お呼ばれ

十一月十五日が誕生日で「その日だけは全国的におれさまの誕生日を祝ってくれる」と

威張っているが、なんのことはない、七五三なので、子供を持つ世の親たちがお祝いするのであって、なにも、内田のために祝っているのではない。その誕生パーティーに浅見も招待されて、出掛けようと向かった道中の高崎で、運悪く群馬県警のねずみ取りに引っかかってしまったことがある。

また、内田の趣味と言えば囲碁である。「酒もゴルフもテニスもやらない」が無類の囲碁好きで、カンヅメにされてもその合間を縫っては囲碁にでかけるし、病気になっても文壇囲碁名人戦があるといえば東京でもどこでも出掛けていく。

あるときも、東京のニューオータニにカンヅメになっていたのだが、誘われるままにホテル内の囲碁サロンに出掛けて、妙な事件に巻き込まれそうになり、浅見に助けを求めたことがあった。その時は「浅見チャン助けてよ」という情けない声にほだされて、「今すぐに」というゴリ押しな言い分にも目をつむり、やりかけの仕事をそっちのけで、あわてて駆けつけたのである。

そんな浅見の顔を見て安心したのか、「警察を相手にビクビクすることはないじゃないですか」という浅見の言葉に、延々と警察を恐れなければならない理由をまくし立てている。

「相手が警察だから恐ろしいんじゃないの。警察にしょっぴかれたら、何もしてなくたって有罪だよ。下手すりゃ、死刑だ。病院に入れば、どこも悪くなくても病気にさせられるのと同じだね」「あ、無知だねえ、病院にとって、患者はお客じゃないか。せっかくお客が来たのに、すげなく追い返すばかがいる?」「だろう? 検査をすれば、もう『おめでとうございます、立派なご病気です』と言われることは間違いないよ。人間、生きている以上、誰だってどこかおかしいに決まっているからね。(中略)警察だってそうだよ。とりあえずしょっぴいたら、そいつはけっこうなお客さんだからね。第一、何もないのに捕まえたなんてことが、世間に知れたら具合が悪いじゃないか。なに、ひっぱたけば、誰だって後ろ暗い所の一つや二つ、必ずあるもんだからね。浅見ちゃんだって、虫も殺さないような顔していて、何かあるに違いない。いやいや、あるんだよ、あるの。たとえば、ここへ来る途中だって、生まれたばかりの毛虫をひき殺してきたかもしれないじゃないか。分かってる、むろん気付かなかっただろうよ。しかし、それだって業務上過失殺虫罪という立派な罪名で放り込むことが出来るかもしれないんだ(鞆《とも》の浦《うら》殺人事件)」

いずれにせよ、浅見が内田に呼ばれると、たいていはロクなことがない。

藤田編集長

○猫なで声

藤田克夫《かつお》は、新橋にあるS出版社の月刊誌『旅と歴史』の編集長で、五十四歳になる。たまたま内田が世話してくれたことから、浅見と仕事上の付き合いが始まる。故郷は菊人形で有名な福井県武生《たけふ》である。M大学の文学部で、考古学の同好会に入っていた。仏教関係の大学なので、その気になりさえすれば、和尚《おしょう》さんになれる資格を持っているという、変わり種のジャーナリスト。

地上げ屋のような黒縁メガネのいかつい顔で、編集長とは思えない軽薄なしゃべり方である。感情の起伏が激しく、ストレートに表現する性格は若い頃からのもので、時に悪ぶるが元来が気のいい男である。部下思いで、『旅と歴史』の女性編集者が殺されたときは、署名入りで最後の記事を載せる人情家でもある（朝日殺人事件）。

何でも知ったかぶりをする男で、それを信じるのは危険だと承知しながらも、浅見はついつい引っかかってしまう。「横浜に泊まるのなら、なんたってホテルニューパレスだよ」と、藤田がいかにも横浜通のことを言ったので、浅見は信じて宿を取ったが、後悔したことがある。たしかにホテルニューパレスは歴史と由緒《ゆいしょ》には恵まれていたが、設備は旧式で部屋はせまい上に暗いという、そのときの浅見の不満を『横浜殺人事件』でぶちまけているので、ご一読いただきたい。

電話で、歯の浮くような猫なで声で「浅見ちゃん」というときは、安いギャラか、頼み事のあるときと決まっている。藤田の電話には気をつけようと浅見は日頃から思っている。藤田の「しめた!」は浅見にとっての「しまった!」である場合が多いからだ。

嘘をつくときは、忙しそうに瞬《まばた》きをするという癖があるので、藤田の持ちかけた怪しげな話の真実を見極めたいときは便利である。

○YKK

内田から「何か書かせてやってくれ」と頼まれて、「いいよ、いいよ」と二つ返事で引き受けるという調子の良さを見せた藤田であった。山の中の村を訪ねる、おそろしくハードで、しかも原稿料が安い仕事を、たまたま誰も引き受け手がないので浅見に回したらしい。

浅見が後で聞いた話だが、藤田の「YKK」というニックネームの由来は「安い、きつい、きたない」という三拍子が揃っているからということである。それを証明するかのように、浅見から持ちかけた取材の話に「予算はあまりないよ。適当にタイアップ先を見つけてさ、ギャラの足しにしてちょうだいよ」とミミッチイことを言っている。他にも取材費をケチるという、もう一つの「K」も明らかにされている。

藤田は大抵のことには驚かなくなっている。毎号、発行するたびに赤字が膨《ふく》れ上がるような『旅と歴史』の編集長などにしてみれば、その行く先のほうがはるかに心配で、見ず知らずの人の死などにいちいち驚いてはいられないらしい。「儲からねえ雑誌」という藤田の口癖も分からないではない。

○強引な男

一時間の労働の価値どころか、毎晩徹夜して一週間働いた結果の原稿であっても、気に入らないと、反故《ほご》同然の扱いをする。緊急の取材はいつものことで、藤田は出版業界でも評判の強引な男である。思いつくと善悪の区別なく、後先も考えずに方針を決めてしまう。相手の都合だとか、迷惑だとかは、彼のスケジュール表にはまったく影響しないらしい。

勝手なことばかり言って電話を切る藤田に、浅見は「あんなヤツにサザエとアワビをお裾《すそ》分けするんじゃなかった」と後悔する。

「なんの土産もなしに帰ってくるな」というところも、転んでもタダでは起きないしたたかさが窺《うかが》える。もちろん「土産」とは取材記事のことで、取材に行ったからにはたとえ何もなくても、それなりの読み物に仕上げろ、ということである。

後鳥羽上皇の発掘調査隊に加わったときも、事件発生で調査が打ちきりになったにも拘《かか》わらず、「帰って来ちゃダメ」と強引な言い方であった。

「せっかく第二の甕《かめ》が出たっていうんだろ、ひょっとすると第三の甕だってあるかも知れないじゃないか。いや、デッチ上げでも何でも、それらしい記事に仕立ててさ、ついでに、後鳥羽上皇の祟りで横死《おうし》——なんていうドキュメンタリーにしてくれれば文句は言わないよ。とにかく十頁《ページ》以上の読み物にしてくれなきゃ、ギャラはないものと思ってもらうからね」と最後通告を言い渡したのである（隠岐伝説殺人事件）。

○誘い文句

「○○があるんだけど、浅見ちゃん、行かない？」という切り出しから始まって「景色は良いし、旨い物が食えるよ」というのが藤田が仕事を依頼するときの慣用句である。その上、ダメ押しのおまけのように「ギャラは安いけどさ」というのが付く。

変化球を投げるときもある。浅見が、不信心だから日蓮《にちれん》は取材できないと言ったときである。「不信心と仕事とは関係ないでしょうが」と、藤田は鼻毛を抜きながら、無感動な声で言った。

下手を書けば文句を言われるし、褒めれば他から突き上げを食う、と断ると「浅見ちゃんて、そういう男だったのかねえ。つまりさ、相手によっては黙ってしまうような、日和《ひより》見《み》ってわけだ」「ジャーナリストの端くれとしてさ、対象を選んで仕事するというのは、堕落の最たるものじゃないの」「おっしゃるとおり、私だって時には説を曲げて、悪魔に魂を売ることだってないわけじゃないですよ。しかしですね。そのお陰で、この高尚すぎて売れない雑誌の経営がなんとか成り立って、面白くもないルポ記事に、多額の原稿料を払えるのだということも考えてもらいたいものだけどねえ」とまくしたてて、とどめのように「まあ、あれだよ。浅見ちゃんもさ、結構なソアラなんかに乗っているけど、ローンの残りはどれぐらいあるの?」と言った。

もうこうなっては浅見も「分かりました、やりますよ」と観念するより他ない。藤田編集長との友情を無にするということは、即、ソアラのローンの財源を無にすることに繋がるのである。

そうかといって浅見はプライドも何もないのかというと、そんなことはない。藤田から

「予備軍はワンサカいるんだから」とまで言われたのでは、浅見もカチンとくる。「じゃあ、僕でなくてもいいわけですか」「どっちなんですか？　僕を使うんですか、使いたくないんですか？」とつめよることもあって、そんなときは元来が気の弱い藤田は、「使うだなんて……いや、むろん、できれば浅見さんにお願いしたいというのは、つねにわが編集部の既定方針ですよ」とついには「浅見ちゃん」から「浅見さん」に昇格となる。

○典型的編集者

浅見のルポにケチを付けることがあるが、そんな時の藤田の台詞《せりふ》は「あれ、なんなのさ」から始まる。

「修学旅行の見聞記じゃあるまいし、もうちょっとちゃんと書いてよ。今夜の十二時までにやり直し。お願いね」と典型的編集者の冷酷さで言われてしまう。

○たくらみ

「浅見っていう、まだ若いルポライターだが、この男がちょっと変わっていてね。探偵モドキをやらせると、けっこういいセンいくんだな。よし、浅見に頼んでみるよ。なに、カネはいらないんだ。安い原稿の五、六枚も頼めば、オンの字でやってくれるからね」

これは藤田が友人に語った浅見像である。もっとも藤田のたくらみは、浅見には先刻お見通しである。「どうせまた、依頼人に調子のいいことを言ったんでしょう。五枚ぐらい原稿書かせりゃ、ホイホイ乗ってきて、言いなりになるヘッポコ探偵がいるとか」と言われて、あまりの図星に藤田は、浅見探偵の慧眼に驚く。（透明な遺書）

○内田との共通点

ルポライターという美名のもとに、内田・藤田コンビにいいように使われている浅見であるが、二人の共通点は非常に多い。

ケチなところは内田といい勝負かもしれない。ずる賢いようでいて、どこか抜けたところも共通している。浅見がおいしそうな話をチラつかせると、すぐに乗ってくるところなど、可愛くなるほど単純であるところも同じだ。そして男は顔じゃない、という学説を裏付けるように二人とも奥さんが美人である。藤田の奥さんは、兵庫県と言われても、神戸や姫路《ひめじ》しか想起しないというほどの地理音痴らしく、藤田は「美人は地理がまるでダメ」という珍説を唱えている。

もっとも、藤田は家に帰っても、邪魔にされるだけの境遇だ――というのが、口癖である。

その五――第三者から見た浅見像

事件を通して出会った人々の目には、浅見はどう映っているのだろうか？　ここでは、ヒロインとなった女性たちや警察官たちから見た浅見を検証してみよう。

ヒロインたちから見た浅見

○小松美保子《こまつみほこ》（赤《あか》い雲《くも》伝説殺人事件）

ホテルの部屋に二人きりになり、「食事をしたせいか眠い」と浅見が言うと「どうぞお休み下さい」と美保子にベッドカバーをめくられて、うろたえてしまう。「い、いや、僕は自分の部屋に戻ります」とわれながらだらしないと感じるほど、声を震わせてしまう浅見であった。「じゃ、せめてお休みのキスを……」と美保子からせまられて、ぎこちなく額に唇を当てている。

翌日、どんな顔をすればいいんだろう、などと考えている浅見に比べて、美保子は屈託がない。「浅見さんて真面目なんですね。つまんなかったわ」という感想を述べる。こういう男を一般に朴念仁《ぼくねんじん》というのかもしれない、とは軽井沢のセンセの浅見評である。あまりに真面目すぎて、女性にとってはつまらない男に映るのでは——とセンセは心配なのだ。

○駒津彩子《こまつあやこ》（佐渡伝説殺人事件）

初めのうちは（父の事件に行き合わせた——なんて、犯人かも知れないくせに——）と疑っていた彩子である。にわか仕立ての仏壇の前に額《ぬか》ずいて、持ってきた花を自分で花瓶に活け、線香をあげて長い祈りを捧げる、そういう浅見の一連の動作を見ていて、彩子は（育ちのいい人なんだわ）という感想を抱く。

三十をとうに過ぎているくせに、稚《おさな》さのいっこうに抜けきらない浅見であるが、彩子はその浅見の稚気《ちき》をとても好もしく感じた。

○津田麻衣子《つだまいこ》（小樽殺人事件）

「ある時はルポライター、ある時は高所恐怖症、またある時は食いしん坊、しこうしてその実態は、うだつの上がらない居候——というわけですよ」などとおどけてみせる浅見であるが、麻衣子からは「本当は何者なんだろう、すごく謎っぽくて、実像がぜんぜん見えてこないんです。とても胡散《うさん》臭いんですよねえ」と言われてしまう。

麻衣子にとって浅見は、まるで占い師のように何でも見通してしまう、憎らしいけど、なんだか不思議に惹きつけられるところがある人物だった。

○野沢光子《のざわみつこ》（「首の女」殺人事件、他）

幼なじみであり、久しぶりに会ったら、お互いにまだ独身であることが分かって、複雑な気分になる。時折視線を空に彷徨《さまよ》わせるとき、キラッと光る浅見の瞳に見入って、（旺盛な精神生活を送っている男の目だ）と思い、思わず引き込まれる光子であった。結構働きはあるし、浅見なら気心も知れているし、そろそろ嫁に行ってもいいかな、とも思う。

可愛いだけが取り柄の、ごくおとなしい、目立たない子だった浅見の少年時代を知る光子にとって、いまをときめく名探偵の浅見をみると、まったく、人間なんて子供の頃の姿だけでは分からないものだ――とつくづく思わされる。

いまだに独身同士という境遇にあるせいか、光子は浅見を落ちこぼれなどとは思わず、就職しようがしまいが、はたまた結婚しようがしまいが、そんなことは個人の生き方の自由ではないか――と思う。

姉の事件を通して、知ることになった浅見の人間としての優しさに、光子は目が洗われる思いがしたのだった。

あらためて浅見を見直すと、あれで結構、なかなかのハンサムだし、世の中の女たちがどうして放っておくのか、光子は理解に苦しむ。珍しく浅見からパーティに誘われて、「必ず同伴者を連れてゆくのが条件だから、きみを誘うことにした」という、ぶっきらぼうな仕方がなさそうな口振りに、こういうところがいかにも浅見らしいけれど、もう少し女を喜ばせる言い回しは出来ないものかしら——と不満な光子だった。

○漆原肇子《うるしばらはつこ》（漂泊の楽人）

坊っちゃんみたいな顔にはまったく似つかわしくない大口をたたいて、さりとてべつにハッタリを言ってるようにも見えない。かと思うと、若い女性と二人きりで一つ屋根の下に寝たことを、気に病むようなナイーブなところもある。

刑事が見せた慇懃《いんぎん》な態度といい、神出鬼没みたいにあちこちに現れたりすることといい、肇子にとって浅見は、今までに出会った誰よりも理解しがたい人物であった。

○平野哲子《ひらのてつこ》（鏡の女）

「浅見さんて、真面目人間なのか、それともひょうきん者なのか、さっぱり分かりませんわ。何処まで信用していいのかしら？」と笑いながら言った。

○松波春香《まつなみはるか》（長崎殺人事件）

一見、ヌーボーとして、かっこいいけれど優しいだけが取り柄のように見える男の、どこに目を見張るような洞察力があるのか、畏《おそ》れに似たものを春香は感じた。
○片岡明子《かたおかあきこ》（竹人形殺人事件）
「浅見さんて、何者ですか？　ただのルポライターなんかだったら、こんなに簡単に警察が助けてくれませんよ。もしかすると、007みたいな、秘密諜報《ちょうほう》部員か何かじゃないのかしら？」と、そばにいた刑事に質問している。
○藤波紹子《ふじなみしょうこ》（恐山殺人事件）
自分のことを名探偵という浅見に呆れて見つめてしまう。身長はあるが肩幅もそんなに広いわけではなく華奢《きゃしゃ》な感じがして、とても犯罪者を追いつめたり、難事件を解決したりできそうな精悍さとはほど遠い浅見を見つめながら、（いくら本当のことでも臆面もなく言うものだ）と思い信用性に欠けるのでは、と疑う。
○川島智春《かわしまちはる》（天河伝説殺人事件）
「若い割にすっごく紳士なの。ちょっと物足りないくらい」と母親に話している。
○佐治貴恵《さじきえ》（隠岐伝説殺人事件）
事件のことをつい「面白い」と言ってしまって睨まれた浅見が、「いけない、どうも僕は露悪的にものを言ってしまう癖があるんです。興味深い——と言うべきでした」とお辞儀をしたときの仕草を、貴恵はとても素直で憎めないと感じるのであった。もしこの男がセールスマンだったりしたら、何でも買ってあげたくなりそうだ——とも思ったものである。

○藤本紅子《ふじもとべにこ》（横浜殺人事件）

浅見には結婚が似合わないという印象を語る。紅子は浅見の推理を聞きながら、浅見の感性が、そのまま自分の感性と一体になっているような、不思議な共感を、浅見の口から流れ出る言葉の一つ一つに感じるのだった。

○浜路智子《はまじさとこ》（横浜殺人事件）

経済的に不安定で、人柄もなんだか頼りない感じを受けながらも、どことなく浅見に惹かれる。それは、父親にはなかった無頼性のようなものに対する憧れなのかもしれないと、智子は思う。

○伊藤木綿子《いとうゆうこ》（日蓮伝説殺人事件）

初めは、浅見をアブナイ男と思い、脅《おび》える。その後、ソアラの助手席に座りながら「浅見さんて、どういう人なんですか？　雑誌のルポライターだっておっしゃったけど、なんだかそれだけじゃないみたいなんですもの。悪い人じゃないことは分かるんですけど、怖い人かなあとか思ったりして……正直なところ、不安なんです」と告白する。

ちょっと見た感じは呑気《のんき》そうで、優しそうだけど、突然、すごく鋭かったり、情け容赦《ようしゃ》のないところがあったり、そういう浅見に反発したり共鳴したりしているうちに、ドンドン浅見に、気持ちが傾斜していくようで怖いのだ——と木綿子は感じていた。

そしてついに、女として自分をどう思っているのかと、浅見に詰め寄る。逃げ腰の浅見に、「私を抱いて」とまで言う。木綿子は、浅見が何の目的でこんなに親切にしてくれるのかと不思議がり、ひょっとして愛してくれるのではなどと思い、果ては、わけもなく悲しくなってしまう。結局、浅見が一生懸命になっている対象は、自分ではないと思い至り「浅見さんの恋人は、殺人事件なのね」と結論づけるのであった。

○熊谷美枝子《くまがいみえこ》（琥珀《アンバー》の道《・ロード》殺人事件）

「浅見さんてほんと、人畜無害っていう感じなんですもの」そういって助手席に乗せてくれと頼む。「何でも見通してしまうような人だから、私のこと、どう思っているのか聞いてみたい」と質問している。

○森史絵《もりふみえ》（琵琶湖周航殺人歌）

「浅見さんて正直に顔に出すタイプだから」「単純かしら？　そうは思えませんけど。特に女性に対しては、すっごく用心深いひとじゃないかって、そんな気がします」と言う。
○畑中有紀子《はたなかゆきこ》（御堂筋《みどうすじ》殺人事件）
「コンピュータみたいに、いつだって冷静になれるひとですね」有紀子はそこが物足りないと言いたげであった。
○朝倉理絵《あさくらりえ》（歌枕殺人事件）
（あの人にはこういうところが、欠けている）と理絵が思った浅見の欠点がある。頭が良くて感性が豊かで繊細な男であるのは認めるが、浅見にはゆったりとした大きさや、物にこだわらない開けっ広げなところがないという。対女性には、どうしても妙なこだわりをもってしまう浅見の欠点を見抜いている。
○阿部美果《あべみか》（平城山《ならやま》を越えた女）
（青年と言うには少しトウがたっている）と思いながら気になる存在で、もっとのんびりしている人かと思ったら意外なことに詳しい変なところもある青年だと美果は思う。

（自分こそ警察に捕まって、いっそ死刑にでもなればいいんだわ――）と思いながら浅見の得体の知れなさを考え、自分が軽率に浅見を信用していると反省する。が、どう考えてもまったく警戒心を覚えない浅見の風貌を思い浮かべて、懐かしい気持ちになる。いま、一番そばにいてほしい人は？――と訊かれたら「浅見さん」と口走ってしまうかもしれないと思う。

○大林《おおばやし》繭美《まゆみ》（上野谷中《うえのやなか》殺人事件）

浅見の思慮のなさに心底呆れて、見かけだけはハンサムな浅見に、憐れみに近い軽蔑を感じる。しかし、浅見の茫洋《ぼうよう》とした笑顔の中で、鳶色《とびいろ》の眸《ひとみ》がキラリと光ったその瞬間、繭美の背筋を冷たい戦慄のようなものが走った。たった今、自分が浅見に感じた軽侮《けいぶ》の念は錯覚にすぎない――と思ったのだ。（私自身が問題意識を持ち、疑問を抱くように仕向けたのだ、この人が分からなかったのではない）そう思い至ったとき、繭美は、（この男はタヌキだ）とひそかに舌を巻いたのだった。

○羽田記子《はねだきこ》（喪《うしな》われた道）

二十歳になる記子に「浅見さんて、もう少しヨコシマだと、いいんですけどね」と言われ、浅見はポカーンとしてしまう。自分よりはるかに若い記子に、とてもかなわない部分があることを、つくづく感じてしまった。

○清野翠《せいのみどり》（透明な遺書）

「男の人は分からない」と呟いて浅見のことを考えてみると、浅見という人もまた、謎の多い男だと翠は思う。優しくて明るい部分はわかりやすそうに見えるが、心理学者みたいに、哲学的なことを言ったり、「恐ろしい」と思うほど冷酷になったり、様々な面を持っている。いざ、手を伸ばして触れてみようとすると、いつも遠くなる。虹のように鮮やかでいて、蜃気楼《しんきろう》のようにつかみ所がない人だと思う。

○阿部悦子《あべえつこ》（沃野《よくや》の伝説）

学生時代や会社勤めを通じても浅見のような男は初めてのタイプだった。柔らかい自然体に思わせながら、まっすぐシンの通った、少し怖いような所がある。優しそうに見えて、じつは冷酷な意志を持った恐ろしい人間かも知れない、と悦子は思う。

○梶川優子《かじかわゆうこ》（蜃気楼《しんきろう》）

優子は浅見の顔や目を見ていると、なんだか逆《さか》らいきれないものを感じてしまう。勧《すす》め上手なセールスマンの話術か、霊感商法の催眠術にでもかかったように、その気にさせる何かを発散しているのだ。（こんなひとも、世の中には存在するものなのね――）と諦めに似た境地になる。

○坂口富士子《さかぐちふじこ》（崇徳《すとく》伝説殺人事件）

浅見の率直な、飾らない物言いに、どんどん心を開いて行く自分がわかる。鳶色の優しい目に、心まで吸い取られそうな気がして、慌てて富士子は視線を逸《そ》らしたのである。気取りがないのにどことなく品がある浅見の態度に、「きっと、ええとこのぼんぼんなんだ」と思った。

浅見に好意を持った刑事たち

○武生《たけふ》署・木本《きもと》刑事（竹人形殺人事件）

素人である浅見に、警察の捜査を批判されるのは愉快なことではないが、浅見という男の事件に立ち向かうひたむきさには、どの警察官にも見られない迫力を感じる。大きな天眼鏡を使って、床の隅々まで舐めるように調べまわる浅見を見て、まるで昔の探偵小説に出てくるヘッポコ探偵の真似をしているようで、滑稽《こっけい》ではあったが、木本はとても笑えなかった。浅見という青年が、単なる兄の七光りだけではない、異常な才能の持ち主であるような気がしてきた。

○吉野《よしの》署・瀬田《せた》刑事（天河伝説殺人事件）

浅見の唱える定理を拝聴しながら瀬田は浅見に対して、初めて、端倪《たんげい》すべからざるものを感じた。

○鳥羽《とば》署・竹林《たけばやし》刑事（志摩半島殺人事件）

「あんた、ただのルポライターなんぞにしておくのは勿体《もったい》ない。いっそ刑事にでもなったほうがいいのとちがうか」。（こいつ、何者か？）と思いながら浅見に好意を持った。帰りには浅見にアワビの土産まで持たせてくれている。

○吾妻《あがつま》署・三好《みよし》刑事（伊香保殺人事件）

初めは、若いだけに競争意識もあって、浅見の出現を歓迎しなかった。素人に何が出来る――とも思ったが、付き合っているうちに、いつのまにか浅見の魅力に引き込まれる。一見、都会のひ弱な青年という印象だが、時折見せるキラッとした閃《ひらめ》きにはビックリさせられる。浅見の坊っちゃん坊っちゃんした人柄も、三好にとってはガサツなばかりの刑事仲間にはない、魅力的なキャラクターに映った。

○神奈川県警・飯塚《いいづか》警部（「紅藍の女」殺人事件）

「あなたは不思議なひとですねえ。浅見さんが言ったりすると、物事がスーッと動き出す」としみじみ言った。

○長野県警・竹村《たけむら》警部（沃野の伝説）

浅見の無邪気なほど素直な人柄や、少年のように好奇心一杯の目を真っ直ぐに向ける清々《すがすが》しい雰囲気を、羨ましいと思う。

ゆきずりの人々が抱く浅見の印象

○後藤《ごとう》シスター（津和野《つわの》殺人事件）

津和野の事件で知り合ったシスターに、「あなたはお若いけれど、何でもよくご存じだし、本当にお優しい方です」と言われる。

○江口紗綾子《えぐちさやこ》（長崎殺人事件）

「もしかするとまだおひとりじゃありませんか？　だって、そんな子供っぽいことを言うんですもの」とクスリと笑われる。

○松波春香の父（長崎殺人事件）

警察に拘留《こうりゅう》されている松波は、浅見の目を見返しながら言った。「あなたは不思議な人です。あなたの顔を見ていると、希望が湧いてくるような気がするのです。この人なら何かやってくれるとですね」

○私立探偵・平石《ひらいし》（竹人形殺人事件）

「あんたは千里眼《せんりがん》だね」と褒《ほ》められたあと、「あんたは未婚か、なんだ、だらしないんだねえ」などと笑われた。

○画家の岡小夜子《おかさよこ》（軽井沢殺人事件）

リンドウを見ていた浅見を「花を愛《め》でる男」と表現し、その後ろ姿に、他人の生活を侵害したことを恥じてでもいるような奥ゆかしさを感じた。

○草西《くさにし》老人（軽井沢殺人事件）

大原亜矢子《おおはらあやこ》を訪れた草西は、浅見のことを「名探偵だす。わしの目から見ても、そら恐ろしい男ですわ。坊っちゃんみたいな、ぼうっとした顔をしとってからに、ちゃんと見るものは見とる。甲乙丙丁《こうおつへいてい》でいうたら、甲の名探偵でんな」と言った。

○N鉄鋼・北川龍一郎《きたがわりゅういちろう》（鞆の浦殺人事件）

「警察庁あたりから派遣された、捜査員ですか」と浅見を疑う。しかし、育ちの良さそうなところがあって、どうもそうは見えないといい、僻《ひが》みっぽいところは次男坊の特長だと見破る。浅見に魅力を感じた北川は「あなたほど魅力的な青年と、私はいまだかつて巡り合ったことがない」と手放しで褒めた。

○弁護士・宮田《みやた》（横浜殺人事件）
警察を無能呼ばわりして、演説する浅見に空疎《くうそ》な笑いを投げかけて言った言葉――「驚きましたなあ……まるで、浅見さん、あんたは犯罪捜査の専門家のようですな。それとも、評論家ですかな？」

○新聞記者・粕谷《かすや》（讃岐路殺人事件）
浅見を「常に冷静でゴツイことを言わない人種」と思い込み、また別の時には「いやなことからは顔を背けてしまうようなタイプに見える」とも言った。捜査に駆り立てるのは何かという質問に、浅見が「好奇心」と答えると不本意であると言いたげな顔を見せた。

○毎朝新聞甲府《こうふ》支局・井上英治《いのうええいじ》（日蓮伝説殺人事件）
「ほう、フリーですか、さすが一匹狼ですなあ、頭の回転が違う」「あんたはすごい才能の持ち主ですよ。私はね、長年の勘で分かるんだなあ」と感心した。

○料理屋女将・片瀬真樹子《かたせまきこ》（琥珀の道《アンバー・ロード》殺人事件）
「あれ、浅見さんも独身ですか？　もったいないねえ、こんな男前なら、いくらでも嫁さん候補がいるだべし。よりどりみどりで、贅沢《ぜいたく》言っているんでないですか？」と妹の美枝子を紹介する。

○小暮《こぐれ》旅館の番頭（伊香保殺人事件）

毎日、三之宮《さんのみや》由佳《ゆか》のいる竹久夢二《たけひさゆめじ》記念館を訪れる浅見を見て、由佳に番頭が忠告して言った言葉は、「男には気をつけたほうがいいよ。ああいう、一途にのめり込むタイプは、もともと浮気性なんだから」というものだった。

○三郷《みさと》夕鶴《ゆづる》の友人・甲戸《かぶと》麻矢《まや》（「紅藍の女」殺人事件）

父が亡くなって麻矢が、自分の実態は情けないほどナヨナヨしている、と嘆いたとき友人の夕鶴が麻矢の父親の椅子をさして、「この椅子、浅見さんに座ってもらったらいいわ」と言う。つまり結婚を臭わせたのだ。そのとき麻矢の言った言葉は、浅見のことをまさに的確に言い表している。

「だめだわね、あの人、絶対にそこには座らない。だめだめ、分かるのよ、勘でね。あの人、そういう人じゃないわ。よくわからないけど、結局、あの人って、誰の椅子にも座らないっていう気がするの。いつまでも変わらないのよ。歳だって、永遠にいまのままでいるんじゃないかなって……。笑うけど、男の人って、みんなそういうところってあるわよ」

○松永《まつなが》和尚（喪われた道）

「ほうっ……久しぶりですなあ。あなたのような目をしている青年を見るのは、ですよ。みんな、負け犬のように落ち着かない不安そうな目をしているか、やけにギラギラと、敵意や悪意に燃えた眼差しばかりです。あなたの目は茫洋としていてとらえどころがないかと思うと、ときとして、大盤石《だいばんじやく》のごとく動かない意思を見せる。面壁《めんぺき》九年の達磨《だるま》大師もかくやと思わせるものを持っておりますな」

三十三歳の青年に対しては、少々褒めすぎではないだろうか。

○桜井《さくらい》老人（鬼首殺人事件）

「あなたがどういう素性の人か知らないが、どうやら警察とは無縁らしい。新聞記者とも違うようですな。どうも、あなたの後ろには何かの組織があるような臭いがしないな、ひょっとすると、あなたは一匹狼ですかな？　あなたには真っ当な若者の匂いがある。とかく群れたがる風潮の中にあっては、いまどき珍しい。しかも、拗《す》ねて独りでいるわけではないらしい。われわれ老人から見ると、新しい頼もしい日本人像ですなあ」

第三章　浅見光彦の華麗なる活躍

その一――浅見光彦の本業

ルポライター

浅見は、今では名探偵としての名前のほうが有名だが、もともとの本業はフリーのライターである。探偵はあくまでも趣味の域であって、収入にはならないので、もっぱら雑文書きで、暮らしをたてている。その本業の部分を詳しく検証してみよう。

○取材に持っていく物は？

イメージとしては浅見はいつも身軽で何も持たずに旅に出ているように感じるが、取材目的の旅であれば、それなりの装備も必要となる。ソアラには、結構、様々なグッズを積み込んでいるようだ。

携帯用ワープロ、バッグ、「報道」の文字の入った腕章、葬式用の黒い腕章、名刺、カメラの三脚、1000ミリ望遠レンズ付きカメラ、200ミリ・ズームレンズ、双眼鏡、二万五千分の一の地図などを車のトランクに入れ、持っていく。時にはボストンバッグを持って旅に出ることもある。

○仕事内容は?

浅見の願望としては、気宇壮大《きうそうだい》に社会問題と取り組んだ仕事ばかりをしてみたい。しかし現実には、あまり社会的に意義があるとは思えないような仕事が多いものだ。経済情報誌に財界人の提灯《ちょうちん》持ちインタビュー記事を書いたり、各地の歴史に絡めた観光ルポなどを月刊『旅と歴史』などに書いていて、事件ルポとは異なる内容のものが多い。

そうした仕事内容は、家では詳しく話さない主義で、出掛けるときも、須美子に「どこそこへ行く」とだけ言い置いて家を出る。

ルポライターとなってから数年が経っているが、一生、この仕事をやるかどうかは不明である。若くて健康ならば多少ギャラが安くてもどこへでも飛んでいけるし、雑誌社側も若い方が使いやすいだろうことを考えると、あまり長くやる仕事とは思えない。

○取引のある出版社は?

なんといっても一番取引の多いところといえば、藤田編集長のいる、月刊『旅と歴史』である。ほかには宮沢《みやざわ》という編集者のいるF出版をはじめ、『週刊B』、『週刊毎朝』、雑誌社SS、『日本の歴史』などである。最近では中央公論新社とも取引があるようで、「なんなら中公に持っていく」などと藤田編集長を脅《おど》すこともある。

浅見が携わった仕事

○これまでに頼まれた主な仕事は?

・菓業タイムスの業界紙に東北地方の菓子業界のルポを依頼される。
・H広告代理店の依頼で「三人寄ればフェリーで小樽《おたる》」というキャッチコピーを作る。
・小樽市観光連盟と東日本海フェリーから小樽の記事を依頼され、四泊五日の旅と三倍の原稿料をいただく。
・『週刊毎朝』の企画で、新人タレントの桜井夕紀《さくらいゆき》と対談した。(天城峠殺人事件)
・母の依頼で古式泳法の取材をカメラマン同行で行う。
・春日一行《かすがいっこう》より「天海僧正《てんかいそうじょう》は明智光秀《あけちみつひで》だ」というルポを依頼される。(日光殺人事件)
・父の親友・三宅から旅行関係の出版社の仕事を頼まれる。「能謡史跡めぐり」で吉野を取材、旅館・桜花壇《さくらかだん》の宿泊料ももってもらう。
・後鳥羽上皇遺跡発掘学術調査団の記録を執筆するため、発掘調査に加わる。

・『旅と歴史』からの仕事でアゴ足つき九州取材旅行は、「清少納言と西郷隆盛と菊池寛《きくちかん》は親戚である」というもの。藤田編集長のいい加減な話に、あわや喧嘩、という様相になるが、そこはわれらが浅見くんの出来たところで、「泣く子と編集長には巻かれる」のをモットーとするのがライターたる者の務《つと》めと、低姿勢に出て、「菊池一族特集」をルポすることになる。（菊池《きくち》伝説殺人事件）

・警視庁捜査一課の升波《ますなみ》警部から藤田に取材の依頼があって、四国琴平《ことひら》電鉄沿線の特集記事を頼まれる。藤田は何か警察に弱みを握られているらしく、「義理あるスジからの話でもなきゃ、全然やる気のしない企画なの。石松《いしまつ》の代参じゃあるまいし、いまさら金比羅《こんぴら》さんなんて」とぼやいているが、浅見は「義理ある藤田編集長殿のご依頼ですから」と恩着せがましく引き受けている。「ペラ（二百字詰め原稿用紙）二十枚の仕事で旅費は立て替えてね」と言われる。（鐘）

・浅見家で「万金丹《まんきんたん》」の話の出た翌日、藤田から、富山の売薬さんの取材を頼まれる。記事のタイトルは「三百年を越えてブーム再燃・越中《えっちゅう》富山の置き薬」というものだった。珍しく陽一郎に取材先を紹介してもらう。（蜃気楼）

・最初「四国八十八箇所」の最初の十番までがテーマだったが、「阿波《あわ》歴史文化回廊構想」

も盛り込むことになり、当初三十枚だった原稿依頼が五十枚になった。
・秋田行きの費用を捻出《ねんしゅつ》しようとギャラの前借りを藤田に申し入れると、交換条件に九十八日間世界一周船旅の取材を依頼された。アゴ足付きで旅費はすべて向こう持ち、原稿料も悪くないときいて即座に受ける。脳裏には三カ月分の家に入れる「お月謝」のことが浮かんだのである。(鄙の記憶)

○これまでに売り込んだ仕事は?

浅見が仕事を売り込むときは事件絡みの場合がほとんどである。その一部を紹介したい。
・津軽取材を藤田に申し入れ、二泊三日車中一泊の旅費と原稿料を勝ち取る。蟹田《かにた》では蟹が食べられると思い「蟹が食えるならノーギャラでも」と言っている。
・事件を調べたいばかりに能登・金沢取材を藤田編集長に売り込む。
・刑事から事件捜査を頼まれ、藤田を騙して久慈《くじ》行きの旅費を捻出。「琥珀の道」というルポを書く。しかし、その時の藤田の条件は、往復のガソリン代、高速料金代は出すが、ホテル代は自腹、ギャラは原稿の上がり次第という厳しいものであった。
・正岡子規《まさおかしき》、夏目漱石、種田山頭火《たねださんとうか》の足跡を辿る四国文学散歩の企画を藤田に売り込んだ。この日は、十一時頃時計を見上げて猛母・雪江が「こんな時間、大の男が家の中でゴロゴロして……」と眉をひそめたとき、とっさに口から出任せで、四国松山に取材旅行の準備中ですと、言ってしまったことから、急遽《きゆうきよ》、藤田編集長に電話を入れたものであった。（坊っちゃん殺人事件）

・友人の白井《しらい》の依頼で土山町《つちやま》へ行く費用を捻出するために、藤田に「神に嫁いだ皇女たち」というタイトルで、斎王群行《さいおうぐんこう》や斎宮《さいぐう》にまつわる取材企画を持ちかけた。

藤田からは「六月号を斎王特集で組む。原稿は三十枚。締切は四月二十日。すぐ取り掛かってくれ」というてきぱきした答が返ってきた。その割にゼニの話になると「取材費なんてものがいるのか、どうせマイカーで行くんだから車で寝ればいいじゃないか」という冷たい返事に、思わず浅見は、「いやならこの企画は『歴史読本』に売ります」と脅している。

・二泊三日の旅費を確保するため、「旅先で面白い話に出くわした」と藤田に電話を入れる。しかしここからが浅見の策士というか、詐欺師というか、そういう腕の見せ場である。「津山《つやま》・倉敷《くらしき》・岡山」の話をいかにも他社へ売り込むと見せかけて、藤田の興味をそそり、しかたない、特別ですよ、と言わんばかりに話を持っていき、「藤田さんの所で買って約束してくれますか」と持ち出す。「面白ければ」という藤田に、「ほらね、そんなんじゃだめです。最悪ルポがボツでも旅費ぐらいは出してもらわないと」と畳みかけて最低の費用は確実に手に入れたのである。（歌わない笛）

・東海道五十三次の「島田宿《しまだじゅく》」を中心のルポで寸又峡《すまたきょう》のことも入れる。（鄙の記憶）

・熊本までの旅費を、無理やりにこじつけて取材がらみにし、捻出させようとする。地名辞典を調べ、取材ネタとして申し分ない「千田聖母八幡宮《ちだせいぼはちまんぐう》」を発見し、さっそく藤田に売り込む。隠れキリシタンの話まで持ち出して、日頃はドケチだが、こういう怪しげな話に目のない藤田の気持ちを摑み、往復の交通費プラスなにがしかの旅費をも出させるのに成功する（はちまん）、など。

○兄に迷惑をかけた論文とは？

心に沸き上がる警察批判を思うままワープロに打ち付け、プリントアウトしたものが、四百字詰め原稿用紙にして二十六枚になった。それを藤田編集長に送った時のことである。

浅見にすれば報告書のつもりであったが、激しい論調に、藤田は「凄いね」と珍しく感嘆の声を上げたのである。そして、なかば強引に「ウチの社の月刊『S』に回す」といって、その浅見の書いた文章は、十二月発売の月刊『S』新年号に署名入りの論文扱いで掲載されたのだ（透明な遺書）。

浅見は脳裏に次々と湧いてくる疑問を、ある時は激しく、ある時は冷静を装《よそお》って列挙し、警察批判をした。過去に自分が経験してきた事件捜査の例を引用して、警察のやることが必ずしも完璧なものばかりでないことを示したのである。警察が率直にミスを認めようとしない可能性は、現実にあると考えていいし、それを隠蔽《いんぺい》するために更に大きな過誤《かご》を犯す。そういうミスを隠蔽するような警察の姿勢は、庶民の信頼を裏切るものであり、ひいては犯罪を助長する結果に繋がる——と結論づけた。

目次にも大きく名前が出ているのを見て、浅見は今更ながら愕然《がくぜん》としたのである。警察庁刑事局長である兄の立場をおもんぱかって誰にも読まれないように——という希望はついえ去ったといっていい。事実、まるで時効を目前にした犯人のような心境でいる浅見に、帰宅した兄から「ちょっと書斎まで」と宣告が下ったのである。

○断った仕事は？

・『旅と歴史』から依頼の「中国取材」。レトロブームとかで、かつての国際都市・上海《シャンハイ》を取材する、約一週間の、割といい条件の仕事だった。しかし、移動手段が飛行機とあっ

て断るしかなかった浅見である。（志摩半島殺人事件）

・藤田から話のあった日光の取材を、どうせギャラが安いだろうと断る。（はちまん）

○取材されたことはあるのか？

週刊誌に探偵としての浅見が載ったのを、友人の堀ノ内が見ている。この件から類推すると、名探偵として取材を受けたようである。

○でっち上げ記事を書いたって本当？

事件捜査のための資金となれば、でたらめでもでっち上げでも、目を瞑《つむ》ってご要望にお応えする、というのが浅見のコンセプトのようだ。

ある旅行雑誌から依頼された仕事は、温泉場を紹介する提灯持ちのルポで、取材したわけでもないのに、パンフレットを見ながら、まるで見てきたようなでっち上げ記事を書き上げている（喪われた道）。

そんな折り、またしても藤田からでっち上げまがいの怪しい仕事が飛び込んできたのだ。藤田の口車にのってか、思いも寄らなかった怪しげな物語を、悪魔の手に操られるようにワープロで叩き出す。

「甲州裏街道に埋蔵金を探る——謎の黄金ルートに消えた虚無僧《こむそう》寺の秘密とは？」という

仰々《ぎょうぎょう》しいタイトルを冠した、三十枚のルポが仕上がった。浅見自身かなり抵抗を感じたようだが目をつむって藤田に送ると「面白いからもっと膨らませて、二回の連載にしよう、ついては佐渡、甲州、伊豆を結ぶ埋蔵金ルートの秘密という発想で書いてくれ」と言われる。初めはそんなでたらめはお断りです、といいながら、取材先が伊豆と聞いて、「渡りに船、アゴ足つきならでたらめでも、でっち上げでも」と物騒なことを言っている。

浅見の収入

ルポライターのギャラは、年齢や経験で決まるモノではなく、どれほどパンチのある記事になったかで決まるものである。では、われらが浅見クンのギャラはいかに?

○慢性的破産状態って何?

百万円の探偵料をもらったとき、三カ月分の収入だといっているので、月収約三十三万円という勘定になる。他にも月々の収入は三十万程度、とある。「大して収入にはならないが、居候としてなら充分の額」であるようだ。しかし、フリーのライターであれば、毎月決まった額が入るとは限らない。多い月もあれば、無収入の時もあるはずだ。

原稿料という物はたいてい出版物が出てから支払われるもので、『旅と歴史』では、月末締めの翌々月払いとなっている。真面目にやっていさえすれば、そこそこの収入を得ることができるし、独立して嫁をもらい、郊外の慎《つつ》ましいアパートに住むぐらいの生活はできる。

だが、浅見のように、「探偵ゴッコ」という厄介なビョーキがあっては、とてものこと、家庭を営めるほどの生産性を上げることは不可能である。「今の仕事は金にはなるが蓄積されない」と言うのもうなずける。浅見はそんな自分の懐具合を「慢性的破産状態」と呼んでいる。

○割のいい仕事ってどんなもの？

『旅と歴史』からの依頼で「横浜の女・百三十年の歴史」をルポした時は、三日間の取材で二泊のホテル代も出て、三十枚の原稿で三十万円のギャラをもらっている。しかし、どうもこの仕事は破格のギャラであるようだ。いつもの『旅と歴史』のギャラは原稿用紙十枚で三万円である。藤田からの仕事は猫なで声で「浅見チャン」とくればたいてい安い仕事で、割のいい仕事は「浅見クン」と言ってくる。しかし、そんな割のいい仕事は年に一度あるかないかなのだ。

その割のいい仕事が思いがけないところから舞い込んだことがある。話は藤田を通してであるが、動燃——つまり動力炉・核燃料開発事業団からの依頼仕事であった。そこのPR誌に書いて欲しいとの依頼で、ギャラは一週間で三十万円。「法外なギャラの仕事があるんだけど」と藤田に持ちかけられ、あまり気乗りがしないまま引き受けてしまい、優柔不断な自分に愛想をつかしている（怪談《かいだん》の道）。

『旅と歴史』の次の特集を九州の石橋に決めた藤田は、妙に石橋に惚れ込んでいて、どういうわけか、取材費が潤沢《じゅんたく》だった。日頃ドケチと評される藤田が、珍しく経費を先払いして、おまけに「飛行機を使ってもいいし、レンタカーを借りてもいい。一応、一週間分の経費を出しておこう」とまで言う気前の良さであった。何故かは謎である。その後、取材先まで電話を入れる藤田に対して浅見は、まるっきり取材もしてないのに「ご心配なく」と言ってのけている。

ちなみに『旅と歴史』の見本本《みほんぼん》の執筆者割当は、二冊である。

浅見の仕事ぶり

○自分の仕事についてどう思っているか？

お仕事は何ですかと、聞かれると、浅見は「ルポを書いたりエッセイを書いたり、しがない雑文書きです」と答える。自嘲気味に「物書きの端くれ」とも言い、「ルポライター、コピーライターなどと呼ばれていますけど、実体はいまだに親のスネかじりです」と答えている。また、ルポライターの上に「一般常識に欠ける」という形容詞まで付けることもある。

しかし、そんな風に自分を貶《おとし》めて言いながらも本心は、「ただの雑文書き」ではないという思いがある。

ある財界人の提灯持ち記事を徹夜仕事で三十枚書いて渡したとき、担当の経済情報誌編集者から「さすがワープロですね。とにもかくにも早い」と褒めたのか貶《けな》したのかわからないようなことを言われたときは、さすがにムッとしている。「ワープロが勝手に原稿を書くわけではないのだ、すべてはこの僕の指が叩き出したものだ」と大いに不満であった。

また、ジャーナリズムの一端を担《にな》っているという自負も持っている。雪江に「詐欺師か物書きのどちらかになるしかなかったのね」と、嘆かわしいという軽蔑の目で見られたとき、自分は詐欺師でも物書きでもなく「ジャーナリストの端くれです。正義と真実のために、日夜戦い続けているのです」と豪語している。もっともそのあと母から「ばかばかしい。クラーク・ケントを気取って」と反撃されている。

また浅見にとって、作家は眩《まぶ》しい存在であるらしく、真剣に文学に勤《いそ》しみ著作に苦しむ崇高《すうこう》な人々の姿に恐れをなしてしまうらしい。

○どんな取材方法？

まず、その土地の役所を訪ね、観光課で資料などをもらい、ついでに話を聞いて基本的な知識を仕入れることから始める。図書館なども知識を仕入れる有効な手段である。

地図を見ないで歩く悪い癖がある。迷い出すと際限なく迷うけれど、思いがけない道や町に出会ったり、ちょっとしたミステリアスな気分を楽しめる。

浅見の記事は、真面目な取材に基づいた人間くささが滲《にじ》み出るような内容なので、読者には好評だ。時には藤田編集長までが興奮して「いいよ、浅見チャン」と電話してくることもある。

○ワープロとの付き合い方は？

ワープロの、のっぺりした顔を見て打っていると、つい眠気に襲われ、ワープロに向かったままの姿勢でうたた寝をしてしまう。

須美ちゃんに怒鳴られて、慌てふためいた拍子に、キーボードをめちゃめちゃに叩いてしまい、画面に意味不明の平仮名をならべてしまったことがある。眠っていたことを指摘されて、「僕ぐらいになると心眼でワープロも打てるのさ」と神懸かり的な事を言って煙に巻いている。しかし、時には「坊っちゃま、口もとに涎《よだれ》が」と教えられているので、須美子嬢にはすべてお見通しのようだ。

忙しいときには明け方まで原稿を仕上げていたこともあるし、締切に追われて一晩中ワープロを叩いたこともある。丑三つ時が怖いなどとはいっていられないほど忙しいときもあるのだ。

自宅や旅先のホテルで原稿を打ち込むのは当然であるが、妙なところで原稿を仕上げたことがある。日蓮の取材で訪れた甲府の宝飾会社で、社員になりすまして秘書課付きとなって犯人を探った時は、社史の編纂《へんさん》という名目でワープロに向かいながら、ちゃっかりと『旅と歴史』の原稿を書き上げている。

奈良の日吉館《ひよしかん》のルポ記事は、夜遅くまで書いてFAXで送っていたが、事件にかかりっきりでいたため結局一カ月遅れてしまった。

○どんな名刺を持っているのか？

初めのうちは名刺を持たない主義で、持っていなかったが、最近では肩書きのない重みのない名刺をもって歩く。その名刺は、名前は優しい清朝体《せいちょうたい》で印刷されている。

いつでも素早くとりだせるように、裸のまま胸ポケットに入れてある。だからしまいには、折り皺《じわ》ができたり、角が傷《いた》んだりと、ヨレヨレの情けない名刺になってしまう。肩書きがないと人は相手の素性が摑めなくて不安になるらしく、大抵は胡散臭い人間かと思われる。

時には許可をもらっている『旅と歴史』や『日本の歴史』などの出版社の名刺を使うときもある。

その二――趣味としての探偵業

探偵について

父の友人・三宅は「光彦君は根っからの名探偵の素質に恵まれた天才ですぞ」と言い放つ。そんな浅見を探偵という視点から検証したい。

○探偵は副業なのか？

いくら働いても金がかかるばかりで、副業というよりほとんど趣味で私立探偵の真似事をしているにすぎない「私立探偵モドキ」である。だから財源はもっぱら『旅と歴史』の藤田編集長を丸め込んでひねり出す。

ルポライターなんかやっているより、私立探偵になった方がいいんじゃないか、と人から言われることがあるが、「ルポライターでも食えないのに、探偵なんか始めたら、たちまち餓死してしまう」と断っている。

ルポライターをやっているからこそ、ケチな藤田に「それなら『歴史読本』に売り込むからいい」と言って、半分脅迫まがいに原稿を売りつけたり、ギャラの前借りをしたりもできるというもので、これが、探偵を専門にやってしまったら、餓死するかヒモになるかどちらかだろう。しかし浅見は、どうがんばってもヒモにはなれそうにないので、やはり餓死するしか道はないようだ。

探偵としての収入はほとんど無いに等しいとはいえ、まったく無収入というわけでもない。一番高額な探偵料は百万円で、依頼人は俳優の加堂孝次郎《かどうこうじろう》と、自衛官の河口《かわぐち》海将補と、ある会社の総務担当・福川建一《ふくかわけんいち》の三度あった。ただし依頼人がいて料金までもらったのは数えるほどで、ほとんどが依頼もされないのに、自分から首を突っ込んでいる。

なぜ事件にこだわるのかと問われて「好奇心」と答えれば不謹慎だと言われ、そうかといって「正義感です」とは口が裂けても言えない、と浅見は告白している。

○探偵する自分をどう言っているか？

自分を「イヌ」ではなく、事件があるとすぐ首を突っ込みたくなる「ハイエナ」です、とまで貶めている。浅見をただ者ではないとみた刑事が「いったい何者ですか？　ただのネズミとは違う」と言うと、「僕はただのネズミでしかありません」と答え、一匹狼ですか、と言われれば「一匹ですが狼ではありません」と答えている。このほかに、一寸の虫やごまめなど矮小《わいしょう》なものに自分をなぞらえているところを見ると、どうも浅見には自分を貶めたい自虐的傾向があるようだ。

浅見はいつだって、ただのしがないフリーライターでいたいと思っている。だから最初から「探偵です」などと宣言することなど決してあり得ない。本業はあくまでも文筆業で、探偵業を喧伝されても困るのだ。

そんな浅見がいつの頃からか、誰だと聞かれて「名乗るような者ではありませんが、正義の味方です」と答えるようになった。しかしその後「実態はただの風来坊《ふうらいぼう》です」と訂正している。

○浅見の好きな謎は難しい？

警察が決定を下してしまった事件などで、警察がどこでエラーをしているのか、アラ探しをするのが面白くないわけがない。

また、警察の捜査が難航していると聞くと黙ってはいられない。特に刑事に頼まれたりすると、僕にできることはせいぜい勘を働かせることです、などといいながらも、本心はウズウズしているのだ。

簡単に解けてしまうなぞなぞなんて、面白くもなんともない。難しければ難しいほど挑戦したくなるし、謎を解いたときの喜びだって大きい。犯人を憎む気持ちはあるが、それ以上に謎を解くことへの、胸がときめくような思いで、女性に恋するように事件に恋しているのである。

だから、事件の謎が深くて、神秘的であればあるほど魅力を感じてしまうし、パズルに熱中する少年のように周りのことを忘れてのめり込む。ヴェールが一枚一枚剝がされていって、やがて事件の素顔が見えてくるときの感動は、浅見にとって喩《たと》えようもないものである。

○事件に出会うとどうなるか？

取るに足らない、つまらないことでも、浅見の場合、いったん気になりだすと、その疑問はどんどん膨《ふく》らんでいく。

ちょっとした引っかかりを感じると、もはや素通りはできない体質。浅見はそんな自分をアル中に喩えて、「たとえば、禁酒三日目のアル中男が、冬の夜道で、赤提灯の前にさしかかったようなもの」と言っている。

いやいや引き受けた母の頼まれ事が、思い掛けず、スリリングな事件に発展しそうな気配を感じて、がぜん血が騒ぐような興奮を覚えている。

また、「僕の才知や努力だけではない得体の知れない声が聞こえて、謎に向かって駆り立てる」とも言っている。

○なぜ事件に熱心なのか？

ある時、なぜそんなに熱心に事件を追いかけるのかと、訊ねられて次のように答えている。「三分の一は自分の好奇心を満足させるため、三分の一は警察庁刑事局長である、兄のため、残りの三分の一は、警察のためですが、全部ひっくるめて亡くなった人のためです」

○どのように閃《ひらめ》くのか？

着想とか閃きとかいうものは、現状の状況や思考の過程とは、何の脈絡もなく発生することがある。ガリレオやニュートンやエジソンが、偉大な発見や着想を得たのも、そういった突発的なものだったに違いない。浅見の場合はどうだろうか。

①花火——と聞いた瞬間、浅見の頭の中で、それこそ花火がはじけたような感じがあったが、その正体を見極める間もなく、その閃きは消えてしまった。（金沢《かなざわ》殺人事件）

②何かがコロンと転がり出たような、思わぬ拾い物をしたような感じ。（讃岐路殺人事件）

③頭の片隅に、線香の火のような、かすかな曙光《しょこう》が見えたような気がした。（日蓮伝説殺

人事件）
④立ち眩《くら》みのようなショックが頭を掠《かす》める。そんな時の浅見の目は狂気を思わせる異様な輝きを見せる。（神戸殺人事件）
⑤あるキーワードを与えられただけで、それまでのモヤモヤが霧が晴れるようにサーッと消えて、分厚い思考の壁がいっぺんでぶち破れた。（神戸殺人事件）
⑥何かが頭の中でチカッと光ったような気がした。しかし正体を見極めようとすると、頭の中は空白になった。翌朝になってテレビを付けた瞬間、浅見の頭の中で、昨夜とは比較にならない大きな光が閃いた。（歌枕殺人事件）
⑦湯をすくって顔を洗った瞬間、浅見の頭の中を何かが走り抜けたような気がした。
（あれ？——いまの、ほんの一瞬のちぎれ雲のようなものは何だったんだろう——記憶の海原《うなばら》の表面に、フワッと影を落としていったものは何だったのだろう——）

顔に湯をかける行為を繰り返して、心の眼を覆《おお》っているウロコを洗い流そうとしたが、虚《むな》しい努力であった。いったん消えてしまった雲の正体は、ついに見えてくることはなかった。（博多殺人事件）
⑧山陽《さんよう》新幹線のトンネルを轟音に包まれながら通過したとき、浅見は「あっ」と声を発し

た。何かの着想を得た瞬間である。列車の轟音を、あたかもドラマのクライマックスを予感させる効果音のように聞きながら、自分の着想が的中することを念じ続けた。(鐘)
⑨ベルが鳴り、カクンと小さなショックがあって、列車が動き出した瞬間、浅見の頭に、パンタグラフのスパークのように閃くモノがあった。いま見えた閃きの正体を、うろたえながら模索する。間もなくトンネルに入ってゆく、その寸前で、浅見はハッキリと閃きの正体を見極めた。(薔薇《ばら》の殺人)
⑩耳の後ろの辺りに、チクリと、かすかな痛みのようなものを感じた。(朝日殺人事件)
⑪旅先の宿でインスタントコーヒーに砂糖をサラサラと落とした瞬間、瞼《まぶた》の裏で閃光が散って、視界が真っ白になった。(坊っちゃん殺人事件)
⑫おでん屋で相客に小さく頭を下げた瞬間、ズキンとくる、痛みのようなものを感じた。そのカクンとした動きがショックとなったのか、思考の中の着想の卵にヒビが入ったような感じであった。(「須磨明石」殺人事件)
⑬何かが——原爆がピカッと光ったような衝撃を、頭の中で感じた。それを見極めようとしたときには、光は消えた。一旦《いったん》消えてしまった後は、根気よく一歩一歩、試行錯誤しながら光の根源に向かって辿《たど》って行くより方法はない。(怪談の道)

○事件に関わるメリットはあるのか？

浅見の答えを次に上げてみよう。

「残念ながら、お金儲けという意味では、何のメリットもありません。新聞やマスコミに売り込むつもりもありません。警察から報奨金が出るのか、と訊かれることがありますが、そのようなことはありません。警察は交通違反金を巻き上げることはしても、市民にビタ一文出すはずがありません。ましてや僕のしているような単なる覗き趣味程度の探偵業にはクレームをつけこそすれ、お金など払うわけがないのです。だから『正義のため』などと言って聖人君子ぶるつもりもありませんし、照れくさくて社会貢献ともいえません。探偵をするのは止めようのない好奇心のなせる技ですが、面白半分というのとも違うものです。ボランティアでもタダ働きでも世のため人のためでもありませんので、なんのメリットも収入もないのです。本当に、自分でも何をやっているんだろうって思いますよ」

浅見のために一言弁解すると、事件にこだわるのは単に好奇心ばかりではなく、「一人の人間が不当に抹殺されたのに、知らん顔していては罪悪だ」という使命感もあるのだ。

○事件に対していつも冷静か？

いつも冷静で感情にまかせたことは言わないと思われがちだが、浅見はどちらかと言えば感情に溺れやすい人間で、情に棹《さお》さして流されるタイプ。感性派人間で、理性的判断よりも感情が先走ってしまうことはしばしばである。

淡い初恋の相手が死亡した事件では、「警察はプロですぞ、間違いはない」と言われて、「プロでも間違いはあるでしょう。医者だって誤診があるんだから」と感情的になっている。憤懣《ふんまん》と疑惑と苛立ちで、東《ひがし》調布署《ちょうふ》を出る時にはほとんど錯乱状態といっていいほどであった。それにしても、こんなに冷静さを欠くのは浅見にしては珍しい（鏡の女）。

○事件に関わる女性は信頼できない？

「二十五歳のうら若き女性は悪事を働かない」と思いこもうとしている新聞記者の粕谷が羨《うらや》ましくなる。なぜなら、もはや浅見には、それほど純粋に女性を信頼することができないからだ。

○浅見流発想の転換とは？

今日中に山形に行きたい、という浅見の希望を「捜査協力は一般市民の義務」という言葉で封じ込め取調べを強行しようとする警察に反発しながらも、事件の詳細を知りたい気持ちもあって、発想を転換することにした。どうせ今日のうちに山形へは行けないのだから、と警察の横暴を逆手にとって、取調べの過程で事件の概要を探り出してやろう、と腹を括《くく》る。

しかし、不思議な事件に遭遇すれば真実を知りたくなるのが浅見の性分なので、事情聴取されるのは、「もっけの幸い」ということになるのであろう。

事情聴取に嬉々として臨《のぞ》む浅見を見て、会津《あいづ》署の片岡《かたおか》刑事は（まったく、人間の死を前にして、よくもこうまで、いきいきと楽しそうに喋っていられるもんだ――）と、つくづく呆れてしまう。また、口を挟む隙もないほど喋りまくる浅見に（まったく、こっちが訊きもしないことを、よくペラペラ喋る男だ）と感心する。

○事件が向こうからやって来る？

事件との遭遇は、取材中偶然に出会う場合が多い。ところがそんなときに首を突っ込んだりすると、たいていの場合様々な困難が伴う。まれに、内密に兄を通してとか、母や知り合いに頼まれてという場合もあるが、事件の方から浅見家にやってきたことがある。

初めて正式に名探偵・浅見光彦として、仕事を依頼してきたのは、大学同期の友人で彦根《ひこね》に住む相川《あいかわ》だった。「名探偵」としての浅見が正面切って探偵の依頼をされたのは、これが初めてであった。相川は浅見の活躍ぶりを内田康夫の書いた本で知ったという。浅見はこうなることを恐れて、ずっと避けてきたのだ。内田が無責任なことを書くからいけないのだ、と愚痴を言っている（琵琶湖周航殺人歌）。

○浅見の聞き込みはしつこい？

浅見は、事件の真相を探ろうと熱心になるあまり、しつこく質問するので、質問されている方は、何か難癖でも付けられていると思いこんでしまう。そして浅見に対して不愉快な気持ちを露《あら》わにし、突《つ》っ慳貪《けんどん》な応答をする。そんなときに「どうも、僕は損な性格にできているのかもしれない――」と思う。

しつこい聞き込みも被害者宅となると、当然ではあるが、もっとひどい扱いをされることがある。「あなたの目的はなんだ？　悲嘆にくれるわれわれを脅して楽しもうというのか？　カネか？　欲しいならカネも出そう」とまで言われ、浅見は沸き上がる怒りを抑え、悲しい目になった。

「そのどれでもありません。単に、本当のことを知りたいだけです。少しキザな言い方をすれば、正義が行われることを望むだけです」

浅見自身「正義」の名の下に何もかもを暴きだして白日に晒《さら》そうとする自分の行為は、悲しみに暮れる家族にとって、歓迎できることではないと充分承知しているが「知りたい」という好奇心が押さえられず、事件解明に突き進んでいってしまう。

自分とは何の縁もない人達のために、あちこちで罵《ののし》られ、疎《うと》まれ、しかもそのために自腹を切っているのだから、よほどヒマ人でお人好しなのだと、浅見は自嘲気味に思う。

○浅見は殺意を抱いたことはあるか？

暴走するスポーツカーが追い越しざまに浅見に暴言を浴びせたとき、反射的に相手に激しい憎悪を感じたことがある。

「あんな無謀な運転をして、死ねばいい」と思った自分の殺意に浅見は、人間の性《さが》のおぞましさを思わないわけにはいかなかった。動物たちが繰り広げる殺戮《さつりく》は、狩猟本能や防衛本能によるものだが、人間の殺意は必ずしも理由のある状況を必要とはしないかもしれない、とそのとき思ったのである。

戦場や暴力団抗争でもない限り、多くの人は突然の死に見舞われることなど、予測しながら生活してはいないものだ。なのに、平和そのもののような日本に住んで、平穏なはずの日々を営んでいて、それでも人は突然の死に見舞われる。犯罪によって死亡する年間何百人の被害者のうち、いったいどれだけの人が、自分の死の正当性を得心《とくしん》しただろうか。

そう考えて浅見は、「殺意は予測しない所から襲って来るものかもしれない」と思い到っている。

○捜査で重要なこととは？

浅見はデータの収集力も分析力もないので、捜査は勘だと思っている。事件捜査は、組織力や機動力だけで判定が決まるものではない。やる気があるかないかが問題で、その点に関しては、浅見の方が警察より一枚も二枚も上手《うわて》のつもりでいる。

事件捜査で重要なのは、緻密なデータ収集と同時に、捜査員の直感や、第六感ともいうべき閃きの存在だと浅見は信じている。浅見が優れているのは、閃きと予見の能力であり、それが捜査にのめり込むエネルギーをかき立てるのである。

浅見の推理はほとんどの場合、仮説から始まるといっていい。出来るだけ多くの仮説を想定しておいて、その中から絶対に現実の状況とそぐわないものを消去していく。

警察の捜査は、まず豊富な事実関係の収拾と分析が基本になるが、浅見のような情報や物証を手に入れることができない素人探偵としては警察と同じ事をやっていてもしょうがない。なけなしの乏しい情報から、とんでもない仮説をでっち上げなければならない場合がほとんどなので、一つの事実からどれだけの仮説が想定できるか、が素人探偵の能力を測る物差しといえるかもしれない。

事件の一つ一つの事象を個々に見ているだけでは、複雑怪奇な全体像は永久に見えてこない。無数の「?」を拾い上げ、繋ぎ、組み上げることによって、様々な因果関係がまるで時計の歯車のように嚙み合い、動き出すのを、浅見は見るのである。その作業に必要なのは、細心の観察力と、ゆたかな想像力と、あとは歯車を回し始める、ちょっとしたキッカケさえあればいいのだ。

半世紀にもわたる時間の経過が、事件と関係している場合など、その時空を越えたところに事件の萌芽《ほうが》を見いだすためには、人間のちっぽけな才智では及びもつかない、神意としか説明のしようがないものが存在することを、浅見は知っているのかもしれない。

多くの事件を手掛けていくうち、浅見は「狎《な》れかな」と自分に問うこともある。名探偵という言葉に煽《おだ》てられ、物事や事件を見る目が状況に流されて独善的になってはいないか、と反省する。

また事件に行き詰まった時に、ベッドの上に大の字になると、不思議と突破口が開ける。

○身分詐称《さしょう》したことはあるか?

浅見は捜査を進めるために身分を詐称することもある。

事件解決のために、「北越《ほくえつ》テレビ制作局プロデューサー本田政男《ほんだまさお》」という偽《にせ》の名刺を使ったこともあるし、付き合いのある雑誌社『週刊B』の名前を使い「軍需《ぐんじゅ》部門について」取材を申し込んでもいる。が、もちろん口から出任せである。

また、ある出版社の取材というふれこみで女優をインタビューしたこともある。その時は、「大河ドラマの宣伝を含めて、スターの近況を聞く——」という取材目的で、カメラマンまで同行する念のいれようだった。

警察について

○強大なる組織

浅見が最初に手掛けた事件で、野上《のがみ》部長刑事に次のように言っている。

「警察の組織はたしかに強大かもしれない。しかし強大なるがゆえに、身動きがとれないということだってあるのです。それに、組織、組織と言ったところで、現場の第一線は捜査員という個人そのものじゃありませんか。個人の着眼、個人の推理を無視しては、所詮、警察の組織力も存在しえないのですよ（後鳥羽伝説殺人事件）」

また、刑事から「推理小説じゃあるまいし、素人さんに刑事事件が解決できるのなら、サツはいりませんよ」と言われ、（やれやれ――）と苦笑している。そういう固定観念や思い込みこそが困るのだと。

「警察がいくら巨大組織でも、組織に心はありませんから、心がなければ心眼は持ちようがありません」というのも浅見の持論である。

○体質批判

元来が警察は、排他的で秘密主義なのである。珍しく浅見が陽一郎に対して、日頃の警察に対する思いを吐き出している場面がある。

「僕と同じデータを警察が持ったとして、何をやってくれますか。警察機構全体に流れる血っていうかDNAのような体質のことです。有り体に言えば信用できない。兄さんをよく知っているし信用もしているが限界がある。兄さんは確かに日本の刑事機構の頂点にいるけど、警察全体のトップというわけじゃない。仮に警察庁長官を動かしても、その上には更に公安委員会や法務大臣や総理大臣がいるし、総理だって国会や与党組織によってがんじがらめに縛られている。それどころか国家そのものが国際的な環境や諸々の条件によって意思決定を左右されるのが現実です。その制約の中で警察は何をどこまでやれるのか、やってくれるのか、疑問だと言っているのです（氷雪《ひょうせつ》の殺人）」

○暴力団に対する警察

暴力団が組の看板を掲《かか》げることを許している警察のやり方は生温《なまぬる》いのではないかと、ことある毎《ごと》に浅見は思う。警察はどんな場合も、市民の側に目を向けるべきであるのに、必ずしもそうであるとは思えないのだ。

相手が一般市民のような弱者なら、徹底的に食らい付くくせに、政治家や権力者となるととたんに弱腰になる。「超法規的措置《そち》」などといって、相手の身分で捜査に手心を加えるような理不尽を許してはおけないと浅見は思うのである。

拳銃使用の犯罪には厳罰主義で当たるべきであるとし、「僕が警察庁長官になったら、暴力団を叩きつぶす」と豪語する浅見である。

○素人の感覚

日本の警察は優秀だが、暴力事犯や単純な犯罪には対応できても、ちょっとした知能犯にかかると、手も足も出ない。毒入り菓子事件やロス疑惑事件などは、たまたま表面に出ているけれど、そんなのは氷山の一角で、実際には、警察のアンテナに引っかからずに深く潜行している犯罪は無数にあるに違いない。推理小説の世界――などと笑っているようなことが、現実の事件として、いくらでも起こっているのだ。

早い話、ロス疑惑事件にしても、首相の大汚職事件にしても、日本中に情報網を張り巡らしている「専門家」の警察が、ほんの一握りの「素人」集団に先を越されたケースは枚挙にいとまがない。

ある航空機墜落事故の際にも、長野県の住民は「山の稜線《りょうせん》の向こう側に落ちた」と主張しているのに、警察は米軍や防衛庁の報告を鵜呑《うの》みにして、長野県側の山腹を捜索し続けた。あげく、墜落現場は山を越えた群馬県上野《うえの》村の山中だったのである。しかも奇跡の生存者があったことを考えると、もし、当初から群馬県側に捜索の対象を絞っていたら——と、無為に経過した時間が惜しまれる。

ことほど左様に、素人の感覚は時として優秀な猟犬のように「異常」の臭いを嗅《か》ぎ当てるものなのに、それをテンから莫迦《ばか》にしてかかるのが、警察に限らずお役所の風潮だと浅見は言う。

○捜査は勘

事件はご大層な捜査会議と組織的捜査活動と、地道な捜索によってのみ解決すると信じていて、一市民の勘など一笑に付されてしまうのだ。科学捜査を標榜する警察に、直感を主張しても通じない。それを納得させるには、立証してみせるしかないのである。

昔の刑事にとっては、勘を働かせるのは当たり前の事であったのに、今では科学的データを重視するシステムである。それでもミスはあるところをみると、警察の捜査マニュアルに何か欠陥があるとしか思えない。

警察の捜査は論理的で組織的で画一的であり、一個人の着想の飛躍や意外性は追求されないばかりか、必要とされなくなった。

そんな警察に対して勘だけがたより、と浅見は言い切る。「捜査は勘です。自分の勘は正しいと宣言すればいいのです」。その意見に対して「勘だけじゃ捜査は進まないでしょうが」と反論され、「とんでもない。勘があるからこそ、捜査方針が生まれるのじゃないですか。その勘を立証するために地道な捜査が必要なのだし、勘があるから、捜査に飛躍や意外性が生じるわけでしょう」と熱弁を振るっている。

あまりにも勘を見下す警察に、浅見は「いつまで待っても警察は答を出せない」と言う。なぜなら、警察には、そういう能力がないし、何もデータのない所から仮説を作り上げるような考え方が出来ないからということである。

○対抗意識

勘を力説する浅見に対抗意識を露わにする刑事に煽《あお》られて、珍しく「探偵ゴッコ」という遊び心を越えた、闘争心のようなものが湧いてきたことがある。警察相手にひと泡吹かせてやろう——などとは、それまでの事件では感じたことはなかったが、その時ばかりは本気でそう思った。

そのように、もしも、警察を出し抜くような事態にでもなったら、これほど痛快なことはない、と浅見はその状態を想像するだけで、ついニヤニヤと顔がほころんでしまう。しかし、出し抜いたからと言って、兄の手前、警察を蔑《ないがし》ろにするようなことは出来ない。

浅見はよほど腕に自信があるのか、「僕なら三日もあれば、事件の目安を付ける。僕を事件に参加させて下さい」とまで申し出ることもある。警察は表面に現れた事象だけで判断を下そうとするが、浅見はその裏の二重構造までを視野に入れて、推理するという。

○汚いやり口

別件で捜査しよう、とする警察に（汚い手を使う）と思ったが、警察のそういうやり口は、珍しいことではない。「しょっぴいてはたく」などは浅見の美学にそぐわない。

強引な警察の捜査によって、数多くの冤罪《えんざい》事件が起きる一方で、不審な死は自殺や事故で片付けられる。かなり恣意《しい》的で強引な幕引きもやりかねない。

「こんな無茶をやって許されると思っているのですか」と取調室を出ようとして刑事の腕を払いのけたとき、「公務執行妨害の現行犯で逮捕する」と告げられ、浅見は凝然《ぎょうぜん》として動けなくなった。「公務執行妨害」の上に傷害罪の容疑で逮捕され、手錠まで掛けられたこともある。ご丁寧《ていねい》にそのときは留置場まで入れられた。

ある時は取調室で「座れ言うたのがわからんのか」と怒鳴られ、浅見は、全身の血が逆流するような怒りを覚えた。腕力に自信があるわけではないが、ほとんど反射的に刑事の横面《よこつら》を張り倒したい欲望を感じた。辛うじて暴力を振るわなかったのは、そうすれば、警察の思うつぼであることが分かっているからだ。それこそ現行犯逮捕されて、臭いメシを食わされるハメになるのは必定《ひつじょう》だからだ。浅見は最大限の自制心をもって心を静めた。

戦後、刑事訴訟法が変わって、相当な年月が経つにも拘《かか》わらず、いまだに冤罪事件や、誤認逮捕が後を絶たない、そのわけを見たような気がした。公権力は強大であるが故に、それを行使する現場は、謙虚でなければならないはずだ。

浅見はある冤罪事件を調査していて、「兄が警察庁刑事局長なんかでなければ、警察を告発してやりたい」とまで思った。

○重要参考人・浅見光彦

浅見が容疑を受けて連行され尋問された警察署は、滝野川署をはじめ数知れず。なぜ、こうもたびたび浅見が連行されるか、という理由には、浅見自身の性格によるところが大きいのではないだろうか。

見知らぬ土地に行って、事件に遭遇する場合が多いが、土地の人間からすれば、見かけたことのない男がウロウロして、しかもどうも正業には就いていない様子、ときては怪しむ方が当然の人間心理である。だから浅見は、「いつだって僕は犯人探しをする前に、自分のアリバイを確認してホッとするんだ」そうな。

武生署では殺人と決まっていないうちから「殺されたのですか」などと余計なことを言ったばかりに、容疑はますます濃くなっている。

神戸で殺人容疑を掛けられたときは、「でっち上げのノウハウを目の当たりに出来るとは幸運である」と思う楽天的な所を見せる。

坂出《さかいで》署に連行されたときは、恐喝の現行犯で逮捕されている。そのとき取調室で言った浅見の言葉は「名言」に入れてもいいくらい傑作である。

「人を見たらなんとか――と言うけど、警察にかかったら、サンタクロースだって家宅侵入罪の現行犯で逮捕されそうですね。迷子を保護していて、幼児誘拐容疑で捕まったら、容疑を晴らすのに、かなりのエネルギーを要するでしょうね（讃岐路殺人事件）」

しかし、警察が高圧的であるのには限界がある。浅見を容疑者にしてしまったがために、後悔するのは刑事たちである。東京の所轄に身元照会をして、とんでもない事態になって慌てふためくのである。

もっとも浅見の身分が警察庁刑事局長の弟である、とバレてしまって頭を抱えるのは、周りの刑事たちばかりでなく、浅見本人も同様であるが……。そして、たいてい「やあ、やあ、どうも、浅見さん」と、まるで遠来の客を出迎えるような署長の挨拶が始まる。署長のにこやかな笑顔といい、大げさな頭の下げかたといい、今の今まで警察の権威を振りかざしていた刑事の立場や何もかもを、まったく無視した態度だったりする。

○捜査員の資質

警察の捜査はシステマチックで科学的になってきている。ことに、証拠物の鑑識や分析技術は格段に進歩している。しかし、その反面、現場に出る捜査員の資質は、かつてのような名人気質に乏しいものになっている、と浅見は言う。

刑事はマニュアルに従って聞き込みを行い、あたかもコンピュータにインプットするデータ収集を目的に作られたロボットのように、あるいは機械の一部のように行動する。

そうでなくても、警察組織は「異端」だとか「突出」だとかいうものを極度に嫌う体質がある。警察内部ばかりでなく、社会全体の警察に対する物の考え方がそうで、万事マニュアルの指示通りに動くのでないと、文句をつける人間が多い。

しかし、『鐘』の中で、ある寺の老住職の様子から見て、「あの住職が隠蔽工作をしたとは考えられない」と浅見が言うと、「それは浅見さん違いまっせ。なんぼお寺さんの言うことでも、丸々信用していいとは限らんですからな」と刑事にたしなめられ、浅見は自分の甘さを叱られたような気がした。殺人を犯したようなものに対しても、悪意を信じたくないという甘い性格は、浅見の欠点である。

浅見の弱点は、相手のキャラクターやイメージで、直感的に判断を下してしまう所がままあることである。巧妙で悪辣《あくらつ》な相手にぶつかったら、コロリと騙される可能性が無いとは言えないのだ。その点、警察は地道で鈍足だが、いったん疑惑を抱いて攻めるとなると、いやらしいほどネチッこいから、犯罪者にとって手強《てごわ》い相手であることは間違いない。

○愛すべき警察官

警察に対して数々の不満はあるが、浅見は刑事たちをすべて毛嫌いしていたり敵視しているわけではない。刑事の中には浅見の熱心な捜査に、昔の刑事魂を呼び起こされて、一緒に事件解決まで動いてくれる刑事もいる。

『江田島殺人事件』で出会った久野《くの》部長刑事は、そんな中の一人であった。しかし、浅見が身分を隠していたことから、久野が真実に気がついた時、「コケにされた」「若造に試された」という思いに駆られ、浅見に対する競争心に満ちた、向こう見ずな若い一匹狼のような「デカ」へと変身させてしまった。「危険です。独りで行動しないように」という浅見の忠告も聞かず、彼は突っ走って殉職してしまった。

その知らせを聞いたとき浅見は、衝撃で頭の中が空白になった。気がつくと、受話器を握りしめている手が強張《こわば》って、ブルブルと震えていた。後日、久野家を訪れた浅見は小さな祭壇の前に座ったが、線香にローソクの火を移すのに、涙で焦点が定まらず、何度もし損じてはやり直した。浅見は悲しかった。ただただ悲しかった。久野を死なせたのはこのおれだ――という思いがこみ上げてきて、たまらなく辛かった。

（どうして死んだのだ――）と浅見は胸の内で、いくども呟き、問いかけ、そのつど、久野を殺したのは自分であるという悔いで、新しい涙を流した。探偵料として受け取ってあった破格の百万円の札束を、供物のように包んで、祭壇に置いてきた。残された夫人へのせめてもの浅見の気持ちであったのだろう。

浅見の正義

○犯人の悲劇

大抵の人間は臆病な生き物のはずだ。ときに見せる残虐な行為も、臆病の反動のようなもので、殺人者に脅えているのは殺人者自身なのかもしれない。人を殺した者は、血に染まった手を毎日毎晩、自分の腕の先に持って眺めていなければならない。

浅見はそういう哀れな犯人を追いつめることが、楽しいわけではない。しかし、端《はた》から見ると、まるでゲーム感覚で犯人を追いつめているように見える。浅見もそれを否定はしないが、謎を解いている過程では、犯人の悲劇などすっかり忘れているのだ。

しかし、事件は必ず結末を迎える。そうやって犯人の素顔が見えたとき、浅見は虚《むな》しさを感じ、やりきれない思いにかられ、なぜ事件に関わってしまったのか、犯人の過去を暴《あば》いてしまったのかを後悔する。そこにはもはや、謎解きの喜びなど微塵《みじん》もなくなる。

○事件の結末

浅見はときとして、警察に結末を知らせることなく、決着を犯人自身に任せたまま逃げだしてしまう。そこに山があるから登るのだといって、事件にのめり込みながら、最後の幕引きをそのような形で下す自分を、「じつは僕自身、犯罪者の素質があって、そういう形で人を抹殺しているのかもしれない」と分析している。

いつのどんな事件でも、事件の構図が見えてきて、フィナーレの幕が閉じる瞬間が近づくに連れて、浅見は快哉《かいさい》を叫ぶどころか、むしろ深い憂愁の底に沈むのだ。『小樽殺人事件』ではその結末に、ひと言も口をきくことができなかった。車のヒーターさえ疎《うと》ましく、極寒の中に身を晒し、徹底的に自分を痛めつけたい衝動に駆られる。(臆病者――)と、幾度となく己を罵っている。結末を予想しながら、目と耳と口を覆って東京へ逃げ帰った、怯懦《きょうだ》そのもののような自分が情けなかった。

○犯罪者に対しての配慮

浅見は、犯人に突き刺すような言葉を投げつけられることもある。「恵まれた家庭に育ち、妻も子も無くて守る者が何もない立場の者に何がわかる。どんなささやかな幸福でも、一度崩壊したら二度と取り返す事は出来ないのだ。人間はそれを護《まも》る権利がある。そのちっぽけな幸福を脅かす者は死を覚悟してもいいはずだ」これが犯人の論理である。しかし、極めて自己中心的な奢《おご》りの論理である。命は人間のエゴで奪ったり与えたりしてよいものではない。

そうは思いつつ、浅見はなお、犯罪者に対して配慮を見せる。

「情状酌量《じょうじょうしゃくりょう》という道があっても、犯罪者は犯罪者、周りの家族や関係者に与えられる社会的制裁の痛みは計り知れない。それでもなお真相を解明したことが正義であるとは、言えないではないか」

○見えてくる真実

「そうやって、あのひとを追いつめて、それが浅見さんの正義ってヤツなのね」と詰め寄られ浅見は悲しい気持ちになる。そのあと「見なかったことにして」と懇願され、さすがに浅見も動揺する。

自分を捜査に駆り立てるものは何か——という疑問を持つことはしょっちゅうである。しかしそういう反省や疑問を乗り越えて、なお、行われた犯罪の謎にのめり込み、その謎が複雑であればあるほど、パズルに熱中する少年のように、周囲のことなどすべて忘れ果てて没頭する。次から次へとわき出ては流れる墨流しの絵のように、浅見の脳裏《のうり》を奇妙で魅力溢れる情景が通過していく。そうして一つ一つが浅見に様々なことを語りかけてくるのだ。

浅見は驚きと感激と、時には恐怖すら覚えながら、見えてくる「真実」を見据え、大きなストーリーの広がりを思い描き、すでに完結し、演じきられたシナリオを、もう一度最初から書きなぞることになる。その作業はもはや、正義だとか罪だとかいう、瑣末《さまつ》的な意味合いから離れて、自由に飛び回る天使の空想のような世界なのだ。そうして自分の作業のもたらす結果を忘れてしまうのだ。

○狡猾《こうかつ》な偽善者《ぎぜんしゃ》

ある人物から「浅見さんはその男をどう裁こうというのです?」と訊かれて、「僕に人を裁くことなど出来ませんよ。僕はただ、自分の突き止めた事実を伝えるだけで満足です。それから先のことは彼自身が決めるでしょう」と「逃げ」ともいえる答をしている。そのとき、「浅見さん、あんたはまさに正義の人ですねえ。しかも狡猾な偽善者でもあるらしい。自分の手を汚さずに、断罪しようというのですからな」と皮肉な目を向けられた。

浅見はこの時の「狡猾な偽善者」という言葉にショックを受ける。(そうなのかも知れない)という思いが、脳裏を行き来したものだ。

事件の謎解きを楽しんで、時として正義漢づらして犯人を追いつめ、そのくせ最後の断罪までは決して手を下さない自分のやり方を、たぶん臆病のせいだとは思っていた。しかしそれが「偽善」と決めつけられて、愕然とした。
そうかもしれない——と、ふたたび浅見は思う。裁きの神に手を貸しているつもりでいても、裁きの結末に責任を負わないのでは、所詮は逃げていることになる。他人を裁くことの恐怖を避けているのは、臆病であると同時に卑劣であり、狡猾でもあるのだ。他人の手に裁きを委《ゆだ》ねることで、浅見はまたしても「逃げ」をうったわけで、その事実のおぞましさに、浅見はわれながらゾッとしたのだった。（恐山殺人事件）

犯人とその犯行について

○なぜ犯行を……

どんな事件に際しても、浅見はなぜ殺さなければならないのか——という疑問に、納得のいく回答を得たためしがなかった。なにも殺すことはないじゃないか——と思いたくなるような動機で、人は殺人を犯す。生存のためのやむを得ない行動として殺戮《さつりく》を犯すのは、生きとし生けるものたちに与えられた最後の「権利」ではある。だが、殺人は多くの場合、その「権利」の行使とはほど遠い次元で、安直に行われる。

人間が人間を殺さなければならない状況が、現実にある――ということを考えるとき、浅見自身も同じ種族であり、いくら虚飾を纏《まと》おうとも、そういう万物の一員であることを思って、厳粛な気分になることがある。

○所詮、第三者には……

犯人から「分かりゃせん」と言われた言葉に、浅見は自分の思い上がった気持ちに気がつき、身も凍る思いがした。そうなのだ、所詮第三者には何とでも言えるのだ、と。いくら賢《さか》しらなことを言っても、それは本当の痛みを知らない者のたわごとでしかあり得ないのだ。そのどうにも越えようのない一線のこちら側にいることに、浅見は遣《や》り切れないものを感じたのである。

○死にゆく真実に……

「かわいそうに」と浅見が同情したのは人ではない。せっかく発見されながら、虚しく埋もれてしまった『真実』を憐れむのだ。「そうやって死んでいく事実の重みで、日本が沈んでしまわなければいいのですがね（札幌殺人事件）」

殺人事件で死ぬのは何も被害者だけではない。被害者の持っていた情報そのもののもまた死ぬのである。たとえ人が死んでも、摑んでいる事実まで虚しく死なせてしまうことは、警察官としての怠慢であり、それ自体が罪悪だと、浅見は言いたいのであろう。

浅見自身、（事件をめぐる人々と関わりを持ちすぎてしまった――）と反省することがある。このままでは、情に流されて、真実を見失ってしまうかもしれない――と思い、自分の持ち合わせている弱さを痛感する。

○残された者たちへ……

事件のすべてが解明されるときには、必ず何らかの悲劇が訪れることを覚悟しなければならない。浅見は切り札を持ちながら、いつそれを行使しようかと迷っている、腕のいい賭博師のように思い悩む。たとえどのように演出を施《ほどこ》そうとも、残された家族が安泰のままでは、事件解決は出来ないと思わざるを得ない。それが浅見のジレンマであった。

しだいに迫ってくる大団円《だいだんえん》の瞬間から、逃げだしたい心境になっていく。

○知らなければ……

事件が解決するということは、形の上では、真相が解明され、犯人が逮捕されることを意味する。あらゆる事件が、悪と善、犯人と被害者という単純な色分けがされるのであれば、何の抵抗も感じないかも知れない。

だが、犯人と被害者——は、必ずしも悪人と善人という関係ではないケースだってしばしばあるものなのだ。悪逆非道《あくぎゃくひどう》で殺されても当然というような人物でも、殺されれば堂々とした被害者であり、彼を殺害した人物の側は、それがどんなに正義に基づき、あるいは、止むに止まれぬ事情による犯行であろうとも、加害者の烙印《らくいん》を押される。

浅見はそんな犯罪の場合、解決しなければよかったのではないか——と思うことすらある。そして加害者の過去を知りすぎてしまったことを後悔し、知らなければ良かった——と悔いる。個人的には何の恨みもない一個人を、自分の発見によって地獄の底にたたき落とすかもしれないからである。

○神のごとく冷酷に……

悪を憎んで人を憎まず、の浅見であるが、一片の同情もかけられない犯罪者に出会うと、完膚《かんぷ》無きまで罵りたくなる。

「あんたが流した欲望の汚水は、隅田川を血で染めたのだ！（隅田川殺人事件）」。浅見はこの時の犯人に怒りのあまり声が震えた。

「恐怖の根元を絶つために瞬時に殺害を思い浮かべ実行に移す才能は、狡知《こうち》に長《た》けた悪魔を連想する」という刑事の言葉に浅見は、一瞬、陰惨な色を浮かべた双眸《そうぼう》で天空を睨んだあと、「相手が悪魔なら、われわれは神となってそれを裁かなければならない（後鳥羽伝説殺人事件）」と決断する。

自分にとって都合の悪い相手を殺すこと以上に、卑劣な行為はないと思うし、それは極めてエゴイスティックな犯行であると思う。「むごいことかも知れないけれど、殺人者は罰せられなければならない」と犯人を追いつめる。犯人の手を見つめながら、（罪はその手にあるわけではない——）と、浅見は神のごとく冷酷に思った。罪はその手の持ち主自身が犯したのだ。その事をはっきり思わなければ、死んでいった者たちがあまりにも哀れだ、と浅見は決断するのである。

背景や背後関係について、警察がどんな対処をするかは、知ったことではない——としながらも「しかし、この殺人事件の犯人だけは許せない……」と言い切ったときの、浅見の顔には、まるで殺戮者のような、陰惨な翳りが浮かんで、一瞬に消えていった。

○終わりの時に……

これで良かったのだろうか——と、事件が終焉《しゅうえん》を迎えるときには、いつも重苦しい後悔がつきまとう。

検事でも判事でもない自分が、人を裁くような真似をして、はたして許されるのだろうか——。要は法で裁くか、情で裁くかの違いだと思う。法で裁く者は自らは傷を負わない。むしろ神に代わって正義を行った充足感があるかもしれない。だが、情で裁こうとすると、相手を裁きながら同じストレスで自分をも裁くことになる。未来永劫《えいごう》、与えられた罰と同じ重さの罪を背負っていかなければならないだろうことを思うと、逃げだしたい衝動に駆られるが、かろうじて耐える浅見であった。

犯人が捕まり、正義が行われたとしても、死んだ人は還《かえ》ってこない。虚しさは永遠に残る。浅見は、何もしなかった方が良かったのでは……と投げやりになって、しばらくは外出をする気にもなれず、陰鬱な気分に浸ってしまうのが常である。

そんな気持ちも、時がたてば心の引き出しに奥深くしまい込まれて、新しい事件に出合うと性懲《しょうこ》りもなく、首を突っ込んでしまう。「探偵」は浅見にとって不治の病かもしれない。

編著を終えて

さまざまな角度から「名探偵・浅見光彦」を検証してきましたが、いかがでしたか？少しでも浅見さんの真実の姿をお伝えできたなら幸いです。

私たちもこの作業を通して、浅見さんの才能や魅力はもちろん、彼の人間的な苦悩など、あらためて発見することが多々ありました。浅見さんを愛するアサミストの皆さんも、きっと共感されることと思います。ちょっと頼りなげで、そのくせ近寄りがたいところもある「坊っちゃま探偵」の浅見さん。優しい愛と、頼もしい正義と、好奇心いっぱいの浅見さんは、これからも事件を追って日本中を飛び回ることでしょう。

蛇足《だそく》ですが、この本に書かれたことはすべて、軽井沢のセンセ公認の真実です。もし本書と異なる記述や矛盾《むじゅん》する表現が内田作品にあったとしても、それは軽井沢のセンセがあなたを惑わすために仕掛けた幻術か、ひょっとすると、ただの錯覚かもしれません。

浅見光彦倶楽部事務局

《内田康夫著作リスト》(★印は「浅見光彦シリーズ」)

1　死者の木霊《こだま》
2　本因坊殺人事件
3★後鳥羽伝説殺人事件
4　「萩原朔太郎」の亡霊
5★平家伝説殺人事件
6　遠野殺人事件
7　戸隠伝説殺人事件
8　シーラカンス殺人事件
9★赤い雲伝説殺人事件
10　夏泊殺人岬
11　倉敷殺人事件
12　多摩湖畔殺人事件
13★津和野殺人事件
14　パソコン探偵の名推理
15　明日香の皇子
16★佐渡伝説殺人事件
17　「横山大観」殺人事件
18★白鳥殺人事件
19　「信濃の国」殺人事件
20★天城峠殺人事件
21　杜の都殺人事件
22★小樽殺人事件
23★高千穂伝説殺人事件
24　王将たちの謝肉祭
25★「首《くび》の女《ひと》」殺人事件
26　盲目のピアニスト
27★漂泊の楽人
28★鏡の女
29　軽井沢の霧の中で
30★美濃路殺人事件
31★長崎殺人事件
32　十三の墓標

33★終幕《フィナーレ》のない殺人
34　北国街道殺人事件
35★竹人形殺人事件
36★軽井沢殺人事件
37★佐用姫伝説殺人事件
38★恐山殺人事件
39★日光殺人事件
40★天河伝説殺人事件（上）
★天河伝説殺人事件（下）
41★鞆の浦殺人事件
42★志摩半島殺人事件
43★津軽殺人事件
44★江田島殺人事件
45　追分殺人事件
46★隠岐伝説殺人事件（上）
★隠岐伝説殺人事件（下）
47　少女像《ブロンズ》は泣かなかった
48★城崎殺人事件
49　湯布院殺人事件
50★隅田川殺人事件
51★横浜殺人事件
52★金沢殺人事件
53★讃岐路殺人事件
54★日蓮伝説殺人事件（上）
★日蓮伝説殺人事件（下）
55★琥珀の道《アンバー・ロード》殺人事件
56★菊池伝説殺人事件
57　釧路湿原殺人事件
58★神戸殺人事件
59★琵琶湖周航殺人歌
60★御堂筋殺人事件
61★歌枕殺人事件
62★伊香保殺人事件
63★平城山《ならやま》を越えた女

64★「紅藍《くれない》の女《ひと》」殺人事件
65★耳なし芳一からの手紙
66★三州吉良殺人事件
67★上野谷中殺人事件
68★鳥取雛送り殺人事件
69★浅見光彦殺人事件
70★博多殺人事件
71★喪《うしな》われた道
72★鐘
73★「紫の女《ひと》」殺人事件
74★薔薇の殺人
75★熊野古道殺人事件
76★若狭殺人事件
77★風葬の城
78★朝日殺人事件
79　浅見光彦のミステリー紀行 第1集
80★透明な遺書
81★坊っちゃん殺人事件
82★「須磨明石」殺人事件
83　死線上のアリア
84★斎王《さいおう》の葬列
85　浅見光彦のミステリー紀行 第2集
86★鬼首《おにこうべ》殺人事件
87　浅見光彦のミステリー紀行 第3集
88★箱庭
89★怪談の道
90★歌わない笛
91★幸福の手紙
92　浅見光彦のミステリー紀行 第4集
93★沃野の伝説（上）
★沃野の伝説（下）
94★札幌殺人事件（上）
★札幌殺人事件（下）
95　浅見光彦のミステリー紀行 番外編1

96★軽井沢通信
97★イーハトーブの幽霊
98　浅見光彦のミステリー紀行　第5集
99★記憶の中の殺人
100★華の下にて
101★蜃気楼
102★姫島殺人事件
103　浅見光彦のミステリー紀行　番外編2
104★崇徳伝説殺人事件
105　我流ミステリーの美学
106★皇女の霊柩
107★遺骨
108　存在証明
109★鄙の記憶
110　全面自供
111　浅見光彦のミステリー紀行　第6集
112★藍色回廊殺人事件
113★はちまん（上）
★はちまん（下）
114　ふりむけば飛鳥
115★黄金の石橋
116★氷雪の殺人
117　浅見光彦のミステリー紀行　第7集
118★ユタが愛した探偵

100字書評

極秘調査ファイル　浅見光彦の秘密

住所
名前
年齢
職業

切りとり線

★読者のみなさまにお願い

この本をお読みになって、どんな感想をお持ちでしょうか。祥伝社のホームページから書評をお送りいただけたら、ありがたく存じます。今後の企画の参考にさせていただきます。また、次ページの原稿用紙を切り取り、左記編集部まで郵送していただいても結構です。

お寄せいただいた「100字書評」は、ご了解のうえ新聞・雑誌などを通じて紹介させていただくこともあります。採用の場合は、特製図書カードを差しあげます。

なお、ご記入いただいたお名前、ご住所、ご連絡先等は、書評紹介の事前了解、謝礼のお届け以外の目的で利用することはありません。また、それらの情報を6カ月を超えて保管することもありません。

〒101－8701（お手紙は郵便番号だけで届きます）
祥伝社　書籍出版部　編集長　岡部康彦
電話03（3265）1084
祥伝社ブックレビュー　http://www.shodensha.co.jp/bookreview/

◎本書の購買動機

＿＿＿＿新聞の広告を見て	＿＿＿＿誌の広告を見て	＿＿＿＿新聞の書評を見て	＿＿＿＿誌の書評を見て	書店で見かけて	知人のすすめで

◎今後、新刊情報等のパソコンメール配信を　　希望する　・　しない

（配信を希望される方は下欄にアドレスをご記入ください）

@

※携帯電話のアドレスには対応しておりません

極秘《ごくひ》調《ちよう》査《さ》ファイル　浅見光彦《あさみみつひこ》の秘密《ひみつ》

平成12年2月15日　初版第1刷発行
平成23年3月25日　　　第4刷発行

監修者　内《うち》田《だ》康《やす》夫《お》

編著者　浅見光彦倶楽部《あさみみつひこくらぶ》

発行者　竹内和芳

発行所　祥《しよう》伝《でん》社《しや》

〒101-8701
東京都千代田区神田神保町3-6-5
☎03(3265)2081(販売部)
☎03(3265)1084(編集部)
☎03(3265)3622(業務部)

印刷　萩原印刷

製本　ナショナル製本

ISBN4-396-61096-3 C0095　Printed in Japan
祥伝社のホームページ・http://www.shodensha.co.jp/

浅見光彦倶楽部について

「浅見光彦倶楽部」は、平成５年、名探偵・浅見光彦を愛するファンのために誕生しました。会報「浅見ジャーナル」（年４回刊）の発行をはじめ、軽井沢にあるクラブハウスでのセミナーなど、さまざまな活動を通じて、ファン同士、そして軽井沢のセンセや浅見家の人たちとの交流の場となっています。

●浅見光彦倶楽部入会方法●

入会申し込みの資料を請求する際には、80円切手を貼り、ご自身の宛名を明記した返信用封筒を同封の上、封書で下記の住所にお送りください。「浅見光彦倶楽部」への入会方法など、詳細資料をお送りいたします。

ファンレターも受け付けています。（必ず、封書の表に「内田康夫様」と明記してください）

※なお、浅見光彦倶楽部の年度は、4月1日より翌年3月31日までとなっています。また、年度内の最終入会受付は11月30日までです。12月以降は、翌年度に繰り越しして、ご入会となります。

〒　389-0111
長野県北佐久郡軽井沢町長倉504
浅見光彦倶楽部事務局

★電話でのご請求はお受けできませんので、必ず郵便にてお願いいたします。